作者简介

## 夏多布里昂
(1768——1848)

  法国十八至十九世纪的作家、政治家、外交家、法兰西学院院士。拿破仑时期曾任驻罗马使馆秘书,波旁王朝复辟后成为贵族院议员,先后担任驻瑞典和德国的外交官及驻英国大使,并于 1823 年出任外交大臣。著有小说《阿达拉》《勒内》《基督教真谛》,长篇自传《墓畔回忆录》等,是法国早期浪漫主义的代表作家。

外国情感小说

阿

达

拉

Foreign Classic
Romantic Novels

〔法〕夏多布里昂 著

李玉民 译

人民文学出版社

**图书在版编目(CIP)数据**

阿达拉/(法)夏多布里昂著;李玉民译.—北京:人民文学出版社,2017
(外国情感小说)
ISBN 978-7-02-013198-3

Ⅰ.①阿… Ⅱ.①夏… ②李… Ⅲ.①长篇小说—法国—近代 Ⅳ.①I565.44

**中国版本图书馆 CIP 数据核字(2017)第 191417 号**

| | |
|---|---|
| 出版统筹 | 仝保民 |
| 责任编辑 | 陈 黎 |
| 特约策划 | 李江华 |
| 特约编辑 | 赵海娇 |
| 书籍设计 | 李思安 |

| | |
|---|---|
| 出版发行 | 人民文学出版社 |
| 社 址 | 北京市朝内大街 166 号 |
| 邮政编码 | 100705 |
| 网 址 | http://www.rw-cn.com |
| 印 刷 | 三河市祥宏印务有限公司 |
| 经 销 | 全国新华书店等 |
| 字 数 | 60 千字 |
| 开 本 | 787×1092 毫米 1/32 |
| 印 张 | 3.75 |
| 印 数 | 1—6000 |
| 版 次 | 2019 年 2 月北京第 1 版 |
| 印 次 | 2019 年 2 月北京第 1 次印刷 |
| 书 号 | 978-7-02-013198-3 |
| 定 价 | 32.00 元 |

如有印装质量问题,请与本社图书销售中心调换。电话:010-65233595

*Atala*

*Atala*

## 目录

序曲 —————— 1

故事 —————— 11

　一　猎人 —————— 13

　二　农民 —————— 57

　三　惨事 —————— 70

　四　葬礼 —————— 93

尾声 —————— 101

序曲

法兰西从前在北美洲拥有一大片领地,从拉布拉多延展到佛罗里达,从大西洋沿岸一直到加拿大的内湖区。

四条大河发源于同一条山脉,分割了这片辽阔的土地:圣洛朗河滚滚东流,注入同名的海湾;滔滔的西河水流入无名的海洋;波旁河由南向北冲来,倾入赫德森湾;而密西西比河则由北向南流去,直泻墨西哥湾。

一千多法里长①的密西西比河,浇灌着一片片美好的土地,美国称之为新伊甸园,而法国人则给它留下个路易斯安那的芳名。密西西比河的千百条支流,诸如密苏里河、伊利诺伊河、阿肯色河、

①一法里约合四公里。

俄亥俄河、沃巴什河、田纳西河等，以其淤泥肥沃、以其水流滋润着这片土地。每逢冬季河水上涨，每当风暴刮倒森林的一片片树木，那些被连根拔起的树木便汇集到源头；不久，树身结住污泥，缠满藤葛，杂草丛生，残骸终于板结起来，又被激流冲走，漂入密西西比河。这些残骸一旦落入大河的掌握之中，便被浪涛推涌，直至墨西哥湾，搁浅在沙滩上，从而分隔出更多的入海口。密西西比河奔流咆哮，穿越崇山峻岭，漫溢的河水围住森林的高树和印第安人的坟墓，赛似流经荒漠的尼罗河。然而，大自然的景象，优美和壮丽往往相辅相成：只见大河中流携带松树橡木的残骸奔向大海，而两侧的缓流，则漂着开满绿萍睡莲，仿佛沿河岸溯流而上。还有那一条条绿蛇、幼鳄，一只只青鹭、红鹳，如同游客登上花船，迎风扬起金帆，在睡眠中驶向某处偏僻的河湾。

密西西比河两岸的风光特别雄奇。西岸大草原一望无际，绿色波浪滚滚远逝，仿佛飞升并隐没在蓝天之中；但见茫茫草原上，游荡着三四千头野水牛，偶尔还能见到一只老野牛劈浪游向河中的荒岛，要在那高高的蒿草中宿眠。望着它那装饰两个弯月的额头、沾了污泥的苍须，您准以为那是河神正满意地眺望浩浩河水和富饶的野岸。

西岸景色如此，对岸则是另一番景象，两岸相映成趣。东岸形形色色、芳香各异的树木，有的一簇簇从山岩垂悬在水流之上，有的散布在峡谷之中，交错混杂，一起生长，向高空攀缘，看上去令人目眩。树脚下野葡萄、紫葳、药西瓜纷披盘绕，爬上枝头，由槭树梢攀到郁金香，由郁金香攀到药蜀葵顶，构成千百个洞窟、拱顶和拱门。这些藤葛在树木间乱窜，往往越过河汉，架起一座座花桥。繁茂的草木中，木兰树亭亭玉立，枝头开满大白花，高出整片森林，唯有邻近的那株轻摇的棕榈可与之媲美。

造物主将大批鸟兽安置在这蛮荒之地，使大地充满生机和魅力。只见在路径的尽头，黑熊饱餐了葡萄，醉醺醺的，倚在榆树的枝杈上摇晃；野鹿在湖中洗浴；黑松鼠在繁枝茂叶中嬉戏；嘲鹐鸟、个头儿跟乌鸦一样大小的弗吉尼亚野鸽，飞落到由草莓染红的草地上；黄头绿鹦鹉、紫色啄木鸟、红雀，在柏树冠顶跳来跳去；蜂鸟在佛罗里达的茉莉花上闪跳，而捕鸟蛇咝咝叫着，倒挂在树梢儿摇曳，好似一条条藤蔓。

对岸的大草原一片宁静，这边则不然，无不在活动，无不在絮语：鸟喙啄橡木干的声响、动物走动吃草和咀嚼果核的声音、哗哗的波浪声、草虫的微吟、野牛的低吼、鹐鸪的轻啼，使荒野充满温良和狂野的和谐。每当刮起一阵风，这荒僻之地便活跃起来，摇动这些浮荡的物体，将这些雪白、碧蓝、翠绿、粉红的花团交混在一起，糅合成各种颜色，汇集成各种声响；于是，这种和声便从密林深处传出，而眼前又展现出这样奇妙的景物。我真想描绘出来，但是力不从心，不能让没有游历过的人领略这大自然的处女地。

自从马盖特神父①和不幸的拉萨勒②发现密西

①雅克·马盖特(1637—1675)，法国耶稣会教士，他于一六七三年发现密西西比河。
②卡夫利埃·拉萨勒(1643—1687)，法国旅行家，他察看了路易斯安那和密西西比河河流。

西比河之后，第一批移居到比洛克西和新奥尔良的法国人，就同当地强大的印第安部族纳切斯结成联盟。后来，纷争和嫉妒血染了这片好客的土地。在这些土著人里，有一位名叫沙克达斯的老人，因其年长，明智而有阅历，当上了族长，受到荒原族人的爱戴。他同所有人一样，是用不幸的遭遇买来了德行。他不仅在新大陆的密林中屡遭磨难，而且磨难还一直追随他到了法兰西的岸边。他蒙受奇冤，在马赛身陷囹圄，被押上战舰服苦役；释放之后，他觐见了路易十四，还会见了当世的名人；出席过凡尔赛宫的庆典盛会，观赏过拉辛①的悲剧，聆听过博须埃②所作的悼词；总之，这个野蛮人见过大世面。

沙克达斯返回本土多年，一直享受宁静的生活，不过老天也让他为这种恩惠付出了高昂的代价：老人双目失明了。一位年轻姑娘陪伴他在密西西比河畔的山丘上游荡，犹如安提戈涅搀着俄狄浦斯③在锡得龙山流浪，又像玛尔维娜领着渥

①拉辛（1639—1699），法国古典主义的伟大悲剧作家。
②博须埃（1627—1704），法国散文作家，大主教，布道演说家。
③底比斯王，受命运的打击双目失明后，由女儿领着流落他乡。

西恩①在莫尔旺的山岩上跋涉。

沙克达斯在法国虽有种种不公正的遭遇,但他还是很喜爱法国人,总记得曾接待过他的费纳龙②,想为那位德高望重者的同胞尽点儿力。终于有了这种机会。一七二五年,一个名叫勒内的法国人,在激情和不幸的驱使下,来到路易斯安那。他沿着密西西比河边溯流而上,一直走到纳切斯人的驻地,恳求接纳他为这个部族的武士。经过盘问,沙克达斯认为他的决心不可动摇,便收他为义子,将一位名叫赛吕塔的印第安姑娘许配给他。婚后不久,部族人就准备开拔去猎海狸。

沙克达斯深受族人的敬重,虽然双目失明,仍被萨尚③会议指定出面指挥这次远征。于是,大家开始祈祷和斋戒;算卦者圆梦;大家求马尼杜神④显灵,献祭烟草;焚烧麋鹿的舌带,观其是否在火中发出声响,据此来判断神灵的意愿;最后,

①苏格兰传说中莫尔旺古国的王子,游吟诗人兼斗士,玛尔维娜是他的未婚妻。
②费纳龙(1651—1715),法国散文作家,主教。
③老人或参谋。——原注
④北美印第安人信仰的神。

他们吃了圣狗肉,终于启程了。勒内也排在队列中。他们借潮水的推动,乘坐独木舟,沿密西西比河逆流而上,再拐进俄亥俄河。时值金秋,辽阔壮美的肯塔基荒原展现在这个法国青年的眼前,令他惊叹不已。一天夜晚,月光清亮,所有纳切斯人都在独木舟中安睡,这支印第安船队扬起皮帆,在微风中行驶。勒内单独和沙克达斯在一起,请他讲一讲一生的险历。老人答应满足年轻人,同他坐在船尾,讲述了如下的故事。

故事

# 一 猎人

我亲爱的孩子,我们俩聚在一起,是一种奇特命运的安排。我看你是变成野蛮人的文明人,而你看我则是天意要变为文明人的野蛮人(是何意图,我也不得而知)。我们二人从两个极端进入人生,你到我的位置上来安歇,而我也曾坐过你的位置;因此,我们俩看待事物的观点,也势必截然相反。可是,对你我来说,这种地位的变动,究竟谁是最大的赢家,谁是最大的输家呢?只有神灵知道,因为最无知的神灵,也比所有人加在一起还聪明。

我母亲在密西西比河畔生下我,到下一个花月①,距今就有七十三次降雪②了。那时,西班

① 即五月。——原注
② 以降雪计年,即七十三岁。——原注

牙人刚在彭萨科拉湾落脚,还没有一个白人到路易斯安那定居。我刚刚数到十七次落叶①,就和父亲,乌塔利西武士一道出战,对抗佛罗里达强大的部落摩斯科格。我们和西班牙人结为同盟,在莫比尔河的一条支流上激战。然而,阿里斯古依②和马尼杜神不助我们,结果敌人获胜;我父亲战死,我在保卫他时两处负伤。唉!当时我怎么没有下到灵魂国③呢,也免得后来在世上屡遭不幸!可是神灵却另有安排:我被溃逃者带到圣奥古斯丁④。

来到西班牙人新建的这座城镇,我很有可能被抓走,送到墨西哥矿山。幸而,一位西班牙老人被我的年轻和淳朴所打动,收留了我,把我介绍给他胞姐。他名叫洛佩斯,是卡斯蒂利亚地区人,没有妻室,同胞姐一起生活。

两位老人待我十分亲热,精心培育我,给我请来各科的家庭教师。我在圣奥古斯丁住了三十

① 以落叶计年,即十七岁。
② 即战神。——原注
③ 即地狱。——原注
④ 美国最早的城镇,由西班牙人始建于一五六五年。

个月,厌倦了城镇的生活,眼看着越来越萎靡不振:我时而直愣愣的,一连几小时凝望远处的密林冠顶;时而坐在河边,凄苦地注视着流水。我想象着这波浪所流经的一片片树林,心灵便充满孤独之感。

我渴望重返荒原,再也忍不住了,一天早晨,便换上土著服装,一手拿着我的弓箭,一手托着欧洲人的衣裳,去见洛佩斯。我把那套衣服还给我的慷慨的保护人,扑倒在他脚下,不禁泪下如雨。我咒骂自己,谴责自己忘恩负义,我对他说:

"我的父亲啊,到头来,你本人也看明白了,我若是不重过印第安人的生活,就非死掉不可。"

洛佩斯非常诧异,他想打消我的念头,向我指出我会碰到的危险,可能会重又落入摩斯科格人的手中。然而,他见我义无反顾,便失声痛哭,紧紧搂住我,高声说道:

"走吧,自然之子!恢复你作为人的独立性吧,洛佩斯绝不想剥夺你的自由。我若是还年轻,就肯定陪同你去荒原(那里也有我的甜美回忆),把你送回母亲的怀抱。回到森林之后,你有时也要念起收留过你的这个西班牙老人,而你要去爱人类的时候,记住你对人心的第一次体验,就完全有利于这种爱。"

最后,洛佩斯祈祷上帝保佑,尽管我拒绝信奉基督徒的上帝。接着,我们就挥泪而别。

我这样忘恩负义,不久便受到了惩罚。我缺乏经验,在树林中迷了路,正如洛佩斯预言的那样,我被一伙摩斯科格和西米诺尔人捉住。他们一看我的服装、头上插的羽毛,就认出我是纳切斯人。他们见我年轻,捆绑我时绳索勒得不太紧。那伙人的头领叫西马干,他问我的姓名,我回答道:

"我叫沙克达斯,是乌塔利西的儿子,是削了一百多摩斯科格英雄头皮的密斯库的后裔!"

西马干对我说道:

"好啊,沙克达斯,你这乌塔利西的儿子,你这密斯库的后裔,这回痛快了;一到大村子,就把你烧死。"

我接口说道:"那好极了。"随即就哼唱起我的挽歌。

我尽管被俘，头几天就禁不住赞赏起我的敌人。这些摩斯科格人，尤其他们的盟友西米诺尔人，都那么欢欢喜喜，洋溢着爱和满足。他们的步履轻捷，待人平和而胸怀坦荡。他们爱讲话，讲起来口若悬河，语言和谐优美而又明白易懂。那些尊长虽然上了年纪，也不减淳朴快乐的性情，好似林中的老鸟儿，一听见子孙唱起新歌，就要随声附和。

随队同行的妇女见我年纪轻轻，都表露出一种温存和悦的怜悯、一种善气迎人的好奇。她们问我有关我母亲和我幼年的情况，想知道我的苔藓摇篮是否吊在枫树的花枝上，是否由风儿推着在小鸟儿窝边摇摆；继而，又问我的心态，提出一大串问题，问我是否梦见过白鹿，秘谷中的树木是否教会我恋爱。我天真地回答这些母亲、妻子和女儿的问题，对她们说：

"你们是白天盛开的鲜花；黑夜就像清露一样爱你们。男人一离开母腹，就是要吮吸你们的乳头和嘴唇。你们的话有魔力，能抚慰所有痛苦。这就是生下我的人对我讲的，可是她再也见不到我啦!她还对我说,处女是神秘的鲜花,到僻静的地方才能找到。"

这些赞美深得这些女人的欢心,她们塞给我各种各样的小礼物,给我送来核桃酱、枫糖、玉米糊、熊腿肉、海狸皮,以及用来装饰我的贝壳、为我垫着睡觉的苔藓。她们同我一起唱歌、欢笑,继而想到我要被烧死,又纷纷流下眼泪。

一天夜晚,摩斯科格人在一片森林边缘宿营。我坐在"战火"旁边,由一名猎人看守。忽然听见草上**窸窣**的衣衫声音,只见一位半遮面纱的女子来到我身边坐下。她的睫毛下滚动着泪珠,而胸前一个小小的金十字架,在火光中闪闪发亮。她美得出奇,脸上透出一种说不出来的贞洁和激情的光彩,特别引人注目,具有无法抵御的魅力。她不但非常美,而且极其秀雅温柔,眼神里流露出敏感多情和极痛深悲;那粲然一笑,更是美妙绝伦。

我以为她是"临刑之爱的贞女",即派到战俘身边给他坟墓施魔法的贞女。我一确信这一点,虽不惧火刑,心里也一阵慌乱,结结巴巴地对她说：

"贞女啊，您配得上初恋的爱情，生来不是为了临刑之爱的。一颗很快就要停止跳动的心，很难回应您的心声。怎么能将死和生结合起来？您会引得我苦苦留恋人生。但愿另一个人比我更幸运，但愿长长的拥抱将青藤和橡树结合起来！"

于是，少女对我说：

"我根本不是'临刑之爱的贞女'。你是基督教徒吗？"

我回答说，我从未背叛过自己部落的神明。印第安姑娘听了我的答话，浑身不禁一抖，她对我说：

"真可怜，原来你是个地道的邪教徒。我母亲让我入了基督教。我叫阿达拉，父亲就是戴金手镯的西马干，这一部落武士的首领。我们正前往阿帕拉契克拉，到了那里你将被烧死。"

阿达拉说罢，便起身走开了。

（沙克达斯讲到此处，不得不中断叙述。往事像潮水一般，冲入他的脑海，失明的眼睛涌出泪水，流到饱经风霜的面颊上，好似深藏地下的两股泉水,从乱石堆中渗透出来。)

(老人终于又讲道:)

我的儿子啊,你瞧,沙克达斯以明智著称,其实很不明智。唉!我亲爱的孩子,人眼睛瞎了,还能流泪!一连好几天,首领的女儿每晚都来和我说话。睡眠从我眼中逃逝,阿达拉占据我的心,犹如久居的记忆。

走了十七天,在蜉蝣将出水的时分,我们踏上了阿拉丘亚大草原。草原四周丘峦连绵不断,林海叠浪连天,有柠檬树林、玉兰树林和绿橡木林。首领高喊一声到达,队伍就在山脚下扎了营。我被看押在稍远一点儿的地方,靠近在佛罗里达十分有名的"自然井",被绑在一棵树脚下,由一名颇不耐烦的武士守着。我被看押在那儿不大会儿工夫,阿达拉就从泉边的枫树林里出来,她对那摩斯科格英雄说:

"猎人啊,你若想去打狍子,那就让我来看管俘虏吧。"

武士一听首领的女儿讲这话,高兴得跳起来,他从山丘顶直冲下去，在草原上撒腿飞跑。

人心的矛盾多么奇特啊！我已经像爱太阳一样爱这位姑娘，那么渴望向她倾吐内心的秘密，不料事到临头，我却心慌意乱，一句话也讲不出来，觉得这样单独面对阿达拉，还不如投进泉里喂鳄鱼。荒原的女儿也和她的俘虏一样六神无主，我们俩都默不作声，我们的话语让爱神给夺去了。阿达拉终于鼓起勇气，这样说道：

"武士啊，捆绑得并不紧，您很容易就能逃走。"

我一听这话，舌头又大胆起来，回答说：

"捆绑得并不紧，姑娘啊！……"我却不知该如何把自己的话讲完。

阿达拉犹豫片刻，又说道："逃走吧。"她随即给我解开捆在树上的绳索。我抓住绳索，又塞到这敌对部落的姑娘手中，强迫她美丽的手指握住，高声对她说："绳索拿过去，再捆绑上！"

"您真是丧失理智了，"阿达拉声调激动地说道，"不幸的人啊！你还不知道自己要被烧死吗？你想怎么样呢？你没有想一想，我可是一个令人畏惧的首领的女儿啊!"

"从前,"我热泪滚滚,回答说,"母亲也用海狸皮包着我背在背上,父亲也有一个漂亮的茅屋,他的狍群饮遍了千百条湍急的溪水。可是如今,我没了家园,到处流浪,一旦死了,也没有个朋友用草盖住我的遗体,以免招来苍蝇。谁也不会理睬一个不幸的陌生人的遗体。"

这番话深深打动了阿达拉。她的泪珠滚落到水泉里。我激动地又说道:

"啊!你的心声,如果跟我的心声一样该有多好!荒原不是自由的天地吗?森林不是有我们的藏身之所吗?生在草房木屋的儿女要想幸福,还需要那么多东西吗?比新郎的初梦还美丽的姑娘啊!我最亲爱的人啊!要敢于跟我一道走。"

这就是我所讲的话。阿达拉则柔声回答我:

"我的年轻朋友,您学会了白人的花言巧语,不难欺骗一个印第安姑娘。"

"什么!"我高声说道,"您称呼我为您的年轻朋友!唉!如果一个可怜的奴隶……"

"那好吧!"她说着,就伏到我身上,"一个可怜的奴隶……"

我又热切地说道："用一个吻来保证你的诚意！"

阿达拉听从了我的恳求，犹如一只小鹿用娇嫩的舌头勾住吊在陡峭山崖的藤萝粉花上，我也久久悬挂在我心爱姑娘的嘴唇上。

唉！我亲爱的孩子，痛苦和欢乐仅有咫尺之隔！阿达拉给我爱的第一个信物，又恰恰要毁掉我的希望，这谁能相信呢？老沙克达斯的白发啊，听见首领的女儿讲出下面这样的话，你该有多么惊诧：

"英俊的战俘啊，我简直疯了，顺从了你的欲望。然而，这种炽烈的恋情会把我们引向哪里？我信奉的宗教要把我同你永远拆散……我的母亲哟，你干的是什么事儿啊？……"

阿达拉戛然止声，不知什么致命的秘密，刚要说出口又咽了回去。她的话把我投入绝望的境地。我高声说道：

"那好吧！我也会像您一样残忍：我绝不逃走。您会看到我在熊熊的火焰里，您会听见我的皮肉被火烧得吱吱的响声,让您兴高采烈吧。"

阿达拉抓住我的双手,高声说道:

"可怜的年轻异教徒,你实在叫我怜悯!你是想让我哭碎了心吗?真可惜,我不能跟你一起逃走!阿达拉哟,你母亲把你生下来多么不幸啊!您怎么不跳进水泉里喂鳄鱼呢!"

这时,太阳西沉,鳄鱼开始吼叫起来。阿达拉又对我说:"我们离开这儿吧。"于是,我拉着西马干的女儿来到山脚下。这里,群山犹如岬角插入草原,形成一个绿色海湾。这里荒野十分壮美,一片静谧。仙鹤在巢中鸣唱,树林回荡着鹌鹑单调的歌声、虎皮鹦鹉的鸣叫、野牛的低吼和西米诺尔牝马的嘶鸣。

我们几乎是默默无言地漫步,我走在阿达拉的身边,而她还拿着我强塞回去的那段绳索。我们有时潸然泪下,有时又强颜欢笑;时而举目望天,时而垂头看地;侧耳聆听鸟儿的歌声,抬手遥指西沉的落日;两个人亲热地手拉着手,胸口忽而急促起伏,忽而和缓宁贴,还不时地重复沙克达斯和阿达拉的名字……啊!恋爱的第一次漫步,这种记忆无疑十分强烈,哪怕经历了数十年的磨难,还依然搅动着老沙克达斯的心!

心中激荡着炽热爱情的人,多么不可理解啊!不久前,我丢下慷慨的洛佩斯,还要不顾一切危险去争取自由,可是女人的一瞥,刹那间就改变了我的志趣、决心和思想!我的故土、家园和母亲,甚至等待我的惨死,我都统统置于脑后,凡是与阿达拉无关的事情,我都转而漠不关心了。我无力达到成年人的理性,就突然又跌回孩童的状态,非但不能丝毫规避等待我的种种不幸,而且连吃饭睡觉也得让人照顾了!

我们在草原上游荡之后,阿达拉再次跪下求我离开她,可是无济于事。我却和她针锋相对,说她若是不肯把我重新捆在树上,我就自己回到营地。她被迫无奈,只好满足我的请求,指望下一次来说服我。

次日就决定我的命运了。大队人马快到西米诺尔人首府科斯考维拉了,便停在一座山谷里。这些印第安人,联合了摩斯科格人,组成了克里克联邦。到了深夜,那位棕榈之国的女儿又来看我,把我带进一大片松树林,再次恳求我逃走。我先不回答,只是拉起她的手,迫使这只惊慌的小鹿和我一起在林中游荡。夜色极美,天神抖动着浸透松树清香的蓝色长发,我们还嗅到淡淡的龙涎香,那是伏在河边怪柳丛中的鳄鱼身上散发出来的。皓月当空,没有一丝云彩,清辉洒在密林朦胧的树冠上。周围寂静无声,唯闻远处响彻幽林的难以名状的和鸣,好似孤魂在空旷的荒原上哀叹。

我们从树木之间的缝隙望见一个手执火炬的青年,酷似踏遍林海唤醒大自然的春神。那是个恋人,要到心爱姑娘的茅屋去探询自己的命运。

假如姑娘弄熄了火炬,她就是接受了对方的心意;假如她不弄灭火炬而蒙上面纱,那她就是拒绝求婚。

那武士隐身在暗地儿里,轻声歌唱:


我要抢在太阳脚步之前,

登上高高的山顶,
要寻找我那单飞的鸽子,
来到这片橡木林。

我给她戴上贝壳项链:
三只赤贝象征我的爱,
三只紫贝表示我的不安,
三只蓝贝意味我的期待。

米拉的眼睛,
银貂一样亮;
米拉的头发,
稻田的轻浪;
米拉的嘴唇,
镶珍珠的红贝壳;
米拉的乳房,
孪生一对白羊羔。
但愿米拉吹熄,
我的这支火炬!
但愿她的嘴唇,

给它撒下快乐的阴影!

而我要让她受胎怀孕。

她那丰满的乳房,

将维系着祖国的希望;

而我抽着和睦的烟斗,

俯身摇篮瞧我的儿郎!


啊!我要抢在太阳脚步之前,

登上高高的山顶,

要寻找我那单飞的鸽子,

来到这片橡木林!


  那青年就这么唱着,他的声音深深地搅动了我的心灵,而阿达拉的脸也陡然变色了。我们握在一起的手不禁颤抖起来。然而,另一个对我们俩同样危险的场面,转移了我们对这一情景的注意力。

  我们经过一座婴儿的坟丘。这座坟丘在两个部落的边界,照习惯垒在路边,好让去水泉的青年妇女将无辜孩子的亡灵召入腹中,将其带回家园。这时,我们看见一些新婚女子渴望做母亲的温馨,来到这里,她们以为瞧见孩子的灵魂在花朵上飘荡,便微微张开嘴唇,要把它迎入体内。继而,那真正的母亲来了,她将一束玉米、几朵白色百合花放在坟头,又往泥土上洒些自己的乳汁,然后坐到湿润的草地上,声调哀婉地向她的孩子诉说:

"我的新生儿啊,你躺进大地的摇篮,为什么我还要为你流泪呢?小鸟儿长大了,就应当自己去觅食,可是它在荒野里找到的,尽是苦涩的籽粒。至少你还不懂得伤心流泪;至少你的心没有受到世人贪婪的威胁。花蕾在花苞里就枯萎,带着全部芳香逝去,如同你呀,我的儿子!带着全部童真逝去。死在摇篮里的人多么幸福啊,他们只了解母亲的微笑和亲吻!"

我们的心情已经非常沉重,更哪堪这种恋情和母爱的场景;这些场景仿佛在追逐我们,一直追到这迷人心性的荒野里。我将阿达拉抱进密林深处,对她讲的那些话,如今我在自己的嘴唇上却寻觅不到了。我亲爱的孩子,南风吹过冰山,便失去热气。老人心中对爱情的追忆,也像日落后寂静笼罩村野时,那沉静的月轮所反射的太阳的火光。

谁能拯救阿达拉?谁能阻止她沉迷于本性?无疑只有期待奇迹,而这奇迹果然发生啦!西马干的女儿向基督徒的上帝求救,她匍匐在地,热切地向她母亲和圣母祈祷。勒内啊,正是从那时起,我才更好地认识了这种宗教:在莽林之中,在这生活物品极度匮乏的境地,这种宗教却能恩赐给不幸者千百种东西;而且,藏身这密林里,形影相伴,远离人世,这一切都会给感情的激流推波助澜,唯有这种宗教能遏制感情的激流,战而胜之。啊!淳朴的野姑娘,无知的阿达拉,她跪在一棵倒下的古松前,如同跪拜祭坛那样,正为她那信奉邪教的心上人向上帝祈祷。在我看来,她是多么神圣啊!她那双仰望明月的眼睛、她那副闪着虔诚和爱的泪花的面颊,此刻像天仙一样美丽。有好几次,我都觉得她要飞起来上天了;还有好几次,我似乎看见神灵踏着月光降临,似乎听见他们停歇在树木的枝叶间:须知基督徒的上帝要召回在岩洞里的隐修士,就是派遣这些神灵。

我伤心不已,唯恐阿达拉很快要飞离大地。

这工夫,她泪如泉涌,简直痛苦万分,我看着不忍,可能就要同意逃走。不料密林中吼声骤起,只见四个武装的汉子朝我扑来:我们已被发现,首领发令追捕我们。

阿达拉像位王后,举止神态十分高傲,她不屑于对几个武士说话,只是骄矜地瞥了他们一眼,便跑去见西马干。

她什么也没有得到。看守我的人数量倍增,捆绑我的绳索也加了几条,还把我和情人拆开了。五个夜晚过去,我们望见坐落在查塔尤齐河畔的阿巴拉丘克拉。他们立刻给我戴上花冠,给我的脸抹成红一块蓝一块,还在我的鼻子和耳朵上系了珍珠,并把一只切切古埃①塞到我手里。

我就这样被装饰成祭品,在人群一阵阵喊叫声中,走进了阿巴拉丘克拉。我的命算完了。这时响起贝螺声,米可王,或部族首领下令集会。

我的孩子,你了解野人对战俘所施的酷刑。

---

①野人的一种乐器。——原注

基督教的一些传教士冒着生命危险，怀着不懈的慈悲之心，深入许多部族，说服他们用比较温和的奴隶制替代了残酷的火刑。当时，摩斯科格人还没有采用这种惯例，但是许多人都表明赞同。这次米可王召集各部头领，就是议决这个重大事件。我被押到审议地点。

联席会议亭就坐落在离阿巴拉丘克拉不远的孤丘上。这座圆顶的建筑很美观，有三圈亭柱，全是经过雕刻的光滑的柏木。圆柱从外往里越来越高，越来越粗，而数量逐圈减少，正中央只有一根主柱。主柱顶端拉出皮带，连接其他的柱顶，望上去就像展开的圆扇。

联席会议开始。五十位穿着海狸皮长袍的老人面对门口，坐在亭中的几排台阶上，大头领坐在中间，手上拿着半截涂成战争颜色的和睦长烟斗。老人的右侧还有五十位穿着天鹅羽毛裙的妇女。武士头领们则站在左侧，他们手执大斧，头插羽翎，手臂和胸膛涂了血。

中心柱下点燃了会议之火。首席巫师身披长袍，头上顶着一只制成标本的猫头鹰，由八名执事簇拥着，往火上浇洒树脂，向太阳献祭品。这三排老人、妇女和武士，以及这些祭司、这种祭品、这种缭绕的烟云，所有这一切给会议增添了庄严的气氛。

我全身被捆绑着，立在会场中间。祭祀一结束，米可王便发言，简单说明这次聚会的议题，然后将一串蓝项链掷到场地，以表示他本人的意见。①

接着，鹰部落的头领站起来，这样说道：

"我父米可王、鹰部落、海狸部落、蛇部落和龟部落的头领、姥姥和武士，我们丝毫也不要改变祖先的习俗，烧死我们的俘虏，绝不要削弱我们的勇气。人家向你们建议的是白人的习惯，只能是有害无益。你们要掷出红项链，这就代表了我的意思。我讲完了。"

说罢，他将红项链掷进场地。

一位老妪站起来，说道：

"我的鹰部落之父啊，您像狐狸一样精明，却像乌龟一般缓慢慎重。我要同您一起磨亮友谊

---

①蓝项链象征和平，红项链则表示战争。

之链，一起栽种和平之树。真的，我们祖传习俗的有害部分，还是改变为好。我们要保留为我们种地的奴隶，不要听俘虏的惨叫，那会惊扰母亲的身孕的。我讲完了。"

一时间会场乱纷纷的，那场面好似暴风雨中大海的汹涌波涛，好似狂风席卷秋天的枯叶，好似密西西比河大洪水冲起的芦苇，又好似密林中一大群乱吼乱叫的麋鹿，那些头领、老妪和武士忽而慷慨激昂，忽而窃窃私语，有时轮流发言，有时又七嘴八舌，利害相冲突，看法不一致，眼看会议要不欢而散。然而，老习惯最后还是占了上风，我被判处火刑。

不过，有一种情况推迟了我的刑期："鬼节"或者"万灵节"临近了。照习俗，过"鬼节"期间不能处死任何俘虏。我被严加看押，再也见不到阿达拉。毫无疑问，头领们将西马干的女儿打发走了。

这期间，方圆三百法里的各部落，都成群结队赶来欢庆"万灵节"。在一片开阔地搭起了长棚。到了正日子，家家户户都从各自的坟穴挖出父辈的骸骨，按家族依次挂到"祖先公祠"的墙壁上。

外面风声怒吼（已刮起风暴），林涛呼啸，瀑布轰鸣，而各部落的元老就在父辈的骸骨上，签订和平与联盟的协定。

庆祝活动有丧葬游戏、赛跑、玩球、抓距骨等。两个处女奋力争取一根柳棍，她们的乳峰接触了，柳棍举过头顶，四只手飞快争夺，美丽的赤足搅在一起，两张嘴相遇了，柔和的气息混杂起来；她们俯下身时，长发也相交织；她们瞧瞧自己的母亲，就不禁脸红①了。大家鼓掌喝彩。巫师则乞求水神米查布，讲述狩猎神讨伐恶魔马齐马尼杜的战争。他说第一个男人和第一个女人阿塔罕茜克因丧失童贞，才被赶下天国，而兄弟间又仇杀而血染大地，渎神者纠斯克卡杀害了正义者塔胡伊斯察仑，于是天神发怒，降下大洪水，仅有玛苏一人乘树皮船幸免于难，而派出的乌鸦则发现了大地；他还说，由于丈夫的美妙歌声，美人恩达埃才得以脱离阴间。②

---

① 土著青年极容易脸红。——原注
② 参看古希腊神话传说，色雷斯的诗人和歌手俄耳甫斯善弹竖琴，琴声能让猛兽俯首、顽石点头。妻子欧律狄刻死后，他追到阴间，用琴声打动了冥后，冥后才允许他把妻子带回人间。

做完游戏,唱完赞歌,大家又准备给祖先永久安葬。

查塔尤齐河边挺立的一棵野生的无花果树,因民众的膜拜而圣化了。处女们常到那里洗自己的树皮裙,再挂到这棵古树枝上,任荒野的风吹拂。人们就在那里挖了一个巨大的坟坑。他们唱着悼歌走出祠堂,各家各户捧着先人的圣骨,来到公墓,将骸骨放下去,一层一层排好,每具都用熊皮和海狸皮隔开。坟头堆起来了,栽上了"哭泣和安眠树"。

我亲爱的孩子,可怜这些人吧!正是习俗特别感人的这些印第安人,正是曾对我表示过热切关怀的这些妇女,现在都大喊大叫要求处死我;各个部落也推迟了行期,以便开心地观赏一个青年忍受酷刑。

大村庄北面不远有一座山谷,谷中生长一片名为"血林"的杉树柏树林。去那里要经过一处废墟,但这废墟的由来已无从知晓了,是如今已不知其名的一个部落的遗迹。这片树林中央有一块圆形空场,正是处决战俘的刑场。他们欢呼雀跃,把我押去。大家都忙着准备处死我：已经竖起了阿里斯库伊木柱，大斧砍倒了松树、榆树、柏树，火刑柴堆搭起来了；观赏的人则用树干和枝杈搭起看台。每人都想出施刑的新招儿：有人要薅我的头皮，还有人打算用灼热的斧头烫我的眼睛。我开始唱起自己的挽歌：

> 摩斯科格人啊，
> 我向你们挑战！
> 我绝不怕酷刑，
> 瞧我是条好汉！
> 我就是蔑视你们，
> 看你们不如妇人。
> 我父亲乌塔利西，
> 是米斯库的儿子；
> 他开怀畅饮的酒壶，
> 是你们勇士的头颅。
> 你们一个个枉费心机，
> 听不到我心一声叹息。

一名武士被我的挽歌所激怒,他一箭射中我的胳臂;我就说了一句:"谢谢你呀,兄弟。"

刽子手忙得不亦乐乎,但是在日落前,行刑还没有准备就绪。他们又问巫师,而巫师则禁止他们惊扰黑夜的神灵,于是我的刑期又推迟到第二天。然而,印第安人观赏行刑之心迫切,想天亮之前及早做好准备,都不肯离开"血林"。他们燃起熊熊的篝火,开始宴饮和跳舞。

这期间,他们让我仰卧着,绳索捆住我的脖颈、双脚和两臂,再紧紧绑在插进地里的木桩上;而几名武士躺在绳索上睡觉,我稍一动弹就会引起他们的警觉。夜深了,歌声渐渐止息,篝火也只射出暗红的光了,照见几个还在走动的土著人;大家都睡觉了,随着人声渐趋微弱,荒野的声响却逐渐加强。喧闹的人声话语,避让给森林悲风的呜咽。

时已半夜,一个刚做母亲的印第安少妇忽然仿佛听见头生儿要奶的叫声。我凝望着在云彩里游荡的弯月,心里思索自己的命运,觉得阿达拉是个无情无义的魔鬼,在我宁受火刑而不愿离开她,现在要受刑之时，她却抛下我不管啦！然而我总感到一直爱她，为她死了也高兴。

我们沉醉在快乐中的时候，常有针刺般的感觉猛醒，好似警告我们珍惜很快逝去的时光；反之，在极痛深悲的时候，不知是什么压力使我们入睡，眼睛哭累了自然要合上，可见天主的慈悲能一直体现在我们的不幸中。我就是不由自主，进入不幸者有时体味到的沉睡状态。我梦见有人在给我卸下锁链，只觉得一阵轻松，仿佛一只救援的手打开紧紧束缚我的铁链的感觉。

这种感觉变得十分强烈，我不禁睁开眼睛。在云缝透出的月光中，我隐约瞧见一个白色长长的身影，正俯身悄悄为我松绑。我正要叫喊，嘴却被一只手给捂住了，我也认出眼前是何人。只剩下一根绳索了，但是完全让一名武士的身体压住，要割断就得碰着他。阿达拉刚一下手，那武士就半醒来，抬起身子，瞧见一动不动凝视他的阿达拉，那印第安人以为是废墟精灵，又赶紧闭上眼睛躺下去，并祈求马尼杜神保佑。绳索被割断了，我站起身，抓住阿达拉握着另一端递给我的一张弓，跟随我的救命恩人走开。然而，我们的周围处处都是危险！我们忽而要踩着正在酣睡的土著人，忽而又受到哨兵的喝问，阿达拉则改变声调回答。忽而小孩啼哭几声，忽而狗叫几下。我们刚刚走出不祥之地，喧嚣之声便震动整个森林。宿营的人全醒来，点起上千支火把，只见土著人举着火把四处奔跑。我们加速逃开。

当晨曦照亮阿巴拉契湾时，我们已经跑远了。阿达拉，我的救命恩人，阿达拉，又同我一起到了荒野，永远属于我了，我是多么幸福啊！但我的舌头不听使唤，讲不出话来；我双膝跪下，对西马干的女儿说：

"男人不算什么，而神一显灵，他们就更微不足道了。您是个神，您在我面前显灵，我连话也讲不出来了。"

阿达拉微笑着把手伸给我，说道：

"我只好跟您走，因为没有我在身边，您就不肯逃走。昨天夜里，我用礼物买通了巫师，用烧酒灌醉了刽子手。既然您为了我送命，我也应当为了您甘冒生命危险。对，邪教徒青年，"她又用令我恐惧的声调补充道,"牺牲是相互的。"

阿达拉将细心带来的武器交给我,接着便给我包扎伤口。她用番木瓜叶给我擦拭,泪水洒在我的伤口上。我对她说:

"这是油膏,你涂在我的伤口上了。"

"我担心这是毒药。"她答道。她从胸衣上撕下一条来当纱布,再用她一束头发将伤口扎住。

土著人酗酒是一种病态,喝醉了很难醒过来,这无疑阻碍了行动,头几天他们没有追赶我们。后来即使再寻找,他们也很可能往西追去,认为我们要逃往密西西比河一带。然而,我们却取道树干长青苔的方向,由北极星指引前进。

不久我们就发现并没有逃脱危险,前面是望不到边的荒野莽林。我们缺乏林中生活经验,离开了我们真正要走的路,这样盲目往前走,会有什么结果呢?我看着阿达拉,时常想起洛佩斯让我读过的夏甲①的古老故事,那是很久以前的事,

---

①据《圣经·旧约》中记载,夏甲是亚伯拉罕之妻撒拉的使女,与亚伯拉罕生子以实玛利。待撒拉生子之后,夏甲和以实玛利就被赶出门,在旷野流浪,幸得神助。传说以实玛利成为阿拉伯人的祖先。

发生在别是巴荒漠里,当时人的寿命等于橡树的三倍。

阿达拉用桦树的里皮为我做了件头篷,因为我几乎赤身裸体;她还用箭猪的鬃毛给我缝了一双香鼠皮鞋。我也同样着意为她打扮,时而路经印第安人荒冢采些蓝锦葵,编了花冠给她戴上;时而又用杜鹃花的红籽给她做成项链。然后,我就微笑着,欣赏起她那令人称奇的美貌。

我们遇到河流,就乘筏子或泅渡过去。阿达拉一只手搭在我肩上,我们游过僻野无人的水流,宛若一对出行的天鹅。

白天特别炎热,我们往往躲在雪松的青苔之下。佛罗里达地区的树木,尤其是雪松和绿橡,几乎都生白色苔藓,从树枝一直披到地面。在夜晚的月光下,你在光秃秃的旷野,猛然见到身披这种白装的一棵独立的橡树,就可能以为是拖着长纱巾的幽灵。白天的景色也十分瑰丽,因为大批彩蝶、鲜亮的丽蝇、蜂鸟、绿鹦鹉、蓝悭鸟落在苔藓上,好似白色羊毛挂毯上,由欧洲工匠绣了鲜艳的花鸟图案。

我们休息乘凉的地方，正是天赐的这种令人愉悦的客栈。有时风从高空吹下来，摇动这棵高大的雪松，于是，建筑在高枝上的空中楼阁和栖息的鸟儿，以及来此投宿的行客，都飘摇浮动起来，而从这活动的建筑的拱廊里发出千声叹息。旧大陆的奇景名胜，根本无法与这荒原的奇观相比拟。

每天夜晚，我们都燃起一大堆篝火，还搭个旅行窝棚：立起四根木桩，盖上树皮就成了。我若是打到野火鸡、野鸽或者野鸡，我们就把猎物吊在长竿的顶端，另一端则插进橡木火堆前的泥地里，就让风儿去翻转倒个儿。我们吃一种叫石牛肚的苔藓、桦树的甜皮，以及有桃子和覆盆子味道的鬼臼果。黑胡桃、槭树果、黄栌树果，则为我们的餐桌增添了美味。我有时还到芦苇丛中，寻找一种开喇叭花的植物，只因花中蓄满一杯甘露。我们感谢上天：上天在腐臭的泥沼中，给柔嫩的花茎注入这样纯净的泉水，就像将希望注入忧伤破碎的心，又像让美德放射光芒，照亮悲惨的生活。

唉！不久我就发现，我误解了阿达拉表面的

平静。我们越往前走,她的神色也越忧伤了。她时常无缘无故就颤抖起来,并且急忙回头瞧瞧。我捕捉到了她那深情的目光,先是凝视我,然后又极度忧郁地仰望苍天。尤其令我惶恐的是,她灵魂深处隐藏着一个秘密、一个念头,从她的眼神我隐约看出来了。她拉近我又推开,激发起我的希望又摧毁它;我以为在她心中进了几步,却发现自己还在原地。这话她对我讲过多少回:

"我年轻的情郎啊!我爱你,就像爱午间的树荫!你就像鲜花盛开、清风徐吹的荒原一样美。我一俯身靠近你,浑身便颤抖;我的手一放到你的手上,便觉得自己要死去。你躺在我的怀里休息的那天,风吹起你的头发,拂在我脸上,我就觉得是看不见的精灵在轻轻地触摸。是的,我见过奥康涅山上的小山羊,听过年长者的谈话;然而,羊羔的温驯、老人的智慧,都不如你的话语有趣和有力。可是,可怜的沙克达斯哟,我永远也不会做你的妻子!"

阿达拉心中宗教和爱情不断矛盾:她那脉脉温情和贞洁的品性、骄傲的性格和极度的敏感、在大事上表现出的高尚心灵和在小事上表现出的一丝不苟，这一切使她成为我无法理解的人。阿达拉这种人，对一个男子的影响力不会小：她满怀激情，充满力量；对她要么崇拜，要么憎恨。

我们急速奔走了十五个夜晚，进入阿勒格尼山脉，到达流入俄亥俄河的田纳西河的一条支流。有阿达拉的指点，我用冷杉的根须缝合树皮，再涂一层李树的树脂，造了一只小舟。然后，我和阿达拉乘舟顺流而下。

漂流到一个岬角的拐弯处，左岸出现斯梯哥爱的印第安村落，及其金字塔形坟冢和颓败的木屋；右岸可见克欧山谷，以及谷口那乔尔村舍，仿佛悬挂在乔尔山的正面。我们顺着河流穿越悬崖峭壁，一冲出来便望见落日的景象。这荒野的幽境还从未有人来打扰。沿路我们只见到一个印第安猎人，他拉弓兀立在岩石巅顶，酷似在山上为荒原守护神竖起的一尊雕像。

我和阿达拉以沉默融入这寂静的场景。突然，流亡的姑娘激动忧伤的声音划破长空，她为远离的家园而歌唱：

只守在父辈身边参加盛宴,
从未见过异族节庆的香烟,
这样的人啊,
真是洪福齐天!

密西西比的蓝鸦若问:
"为什么你这样哀怨?
难道这里没有浓荫,
难道没有绿水蓝天,
没有各种各样的食品,
不如你们那里的森林?"
佛罗里达的亡命鸦答道:
"对,我的窝在茉莉花间,
谁能把它给我搬运?
你们这里可有
我那阳光下的大草原?"

只守在父辈身边参加盛宴,
从未见过异族节庆的香烟,

这样的人啊,
真是洪福齐天!

长时间跋涉多么艰难,
游子坐下,惨淡容颜。
他望着四周的屋顶,
却没有一间供他宿眠。
他去敲人家的房门,
为求宿在门外放下弓箭。
房主人连连摇手拒绝;
游子又拾起弓箭前行,
重又返回那旷野荒原!

只守在父辈身边参加盛宴,
从未见过异族节庆的香烟,
这样的人啊,
真是洪福齐天!

围着炉火讲述美妙的故事,
心中的深情化作娓娓长谈。

生活中一天也少不了爱,
这已是古老悠久的习惯;
从来没有离开家园的人啊,
就是这样度过一天又一天!
他们的坟冢就在本地,
每天都有落日相陪伴,
还有那宗教的魅力,
以及友人和泪的怀念。

只守在父辈身边参加盛宴,
从未见过异族节庆的香烟,
这样的人啊,
真是洪福齐天!

阿达拉这样唱着,哀怨的歌声没有任何声响来打断,只有伴随着我们的小舟撞击水波的汩汩声。仅仅经过那么两三处,歌声被微弱的回音迎去,那回音又连上更弱的回音,越传越远,就好像有一对生前和我们同样不幸的情侣,被这哀婉动人的曲调所吸引,正在峰峦之间,和着袅袅的余音自怜自叹。

然而，在这僻野荒山，心上人又始终在眼前，甚至包括我们的不幸，都在每时每刻使我们倍加相爱。阿达拉身体开始乏力了，激情在压垮她的身体的同时，也要战胜她的德行了。她不断地祷告祈求她母亲，似乎想要安抚那恼怒的亡灵。有时她问我，是否听到一种怨愤的声音，是否瞧见从地里蹿出的火焰。我虽然也精疲力竭，但始终燃烧着欲火，想到我们也许迷失了方向，再也走不出这深山老林，真想把我的爱妻搂在怀里，于是上百次提出上岸搭个窝棚，我们二人就此隐居起来。可是，她每次都拒绝，对我这样说：

"我年轻的朋友，想一想一名战士对家园应尽的义务吧。同这种义务相比，女人又算什么呢？鼓起勇气，乌塔利西的儿子，千万不要抱怨自己的命运。男人的心犹如海绵，在风平浪静时饮着清波，而当天气恶劣、风急浪高的时候，它又涨满了浊水。难道海绵有权说：'我原以为永远不会起风暴，太阳永远不会灼热烤人'吗？"

勒内啊，你若是惧怕意乱心烦，那就避免孤

独：心潮澎湃的激情都是孤寂的，将这种激情带到荒山野岭，那就等于放虎归山。我们忧心忡忡，既怕落入敌对的印第安人之手，又怕舟沉葬身水底，毒蛇咬伤，猛兽吞噬，而且很难找到些许食物，也不知道往哪里去，种种磨难仿佛到了无以复加的程度，不料又一场不测的风云，将我们的磨难推到了极端。

那是我们逃离那村子的第二十七天，已经进入"火月"①，气象表明要有暴风雨。大约印第安老妪将耕杖挂上香杉枝头、鹦鹉飞回柏树洞的时刻，天空就开始阴云密布了。僻野的声响止息了：荒原一片沉静，森林也无处不寂然无声。不大工夫，沉雷就从远方滚滚传来，延伸到同世界一样古老的森林，产生了隆隆的回响。我们怕被河水吞没，赶紧上岸，躲进一片森林。

这是一片沼泽地。我们艰难地走在菝葜藤蔓拉成的拱顶下，穿过葡萄藤、靛蓝、胡豆等攀缘植物，双腿就像绊到罗网一样。松软的草地在脚

①即七月份。——原注

下颤动,我们随时都有沉入泥潭的危险。无数昆虫、巨大的蝙蝠遮住我们的眼睛;响尾蛇到处咝咝作响,而且躲避到这里的狼、熊、美洲獾、小型虎,吼啸之声在林中回荡。

这工夫,天越来越黑,低垂的乌云压到树林的冠顶。忽然一道闪电,劈开云层,飞快地划出菱形的火焰。一时西风猛吹,乌云翻滚,森林也为之俯首,天幕不时拉开缝隙,露出新的苍穹和火热的原野。这景象多么骇人,又多么壮观啊!树林遭雷击起了火,大火拖着长发蔓延,浓烟火柱直冲云端,而乌云又向大火倾泻霹雳闪电。这时天神显威,沉沉的黑暗覆盖了群山;在这天地混沌中,升起阵阵混杂的喧嚣,有狂风的怒吼、树林的呼啸、猛兽的嗥叫、大火的喧腾,以及迅雷不断落入而熄灭的嘶鸣。

天神做证!在这种时刻,我眼里只有阿达拉,心中只想着她。我到一株倾斜的桦树下,护住她免受暴雨的拍击。我干脆坐到树下,把心爱的人抱在膝上,用双手暖和着她的赤足,而心中的欢悦,要胜过新婚女人初次感受到胎儿的蠕动。

我们倾听着狂风暴雨的咆哮，忽然我感到，阿达拉的一滴热泪掉在我胸口，我便高声说道：

"心灵的暴风雨啊，这可是你的雨滴？"

接着，我紧紧搂住我的心上人，又说道：

"阿达拉，你一定对我瞒着什么事儿。我的美人儿啊，打开你的心扉吧！让朋友看到我们的心灵会大有裨益！你一直守口如瓶，还是把你这痛苦的隐衷讲给我听听吧。哦，我明白了，你流泪是思念家园。"

阿达拉立刻反驳道：

"人子啊，我怎么会为家园流泪，既然我父亲并不是出生在棕榈之地！"

"什么？"我深感诧异，又接口道，"你父亲根本不是棕榈之地人！那么是谁把你生在这世上？请回答我。"

于是，阿达拉讲了下面这番话：

"我母亲同西马干武士结婚时，带去的嫁妆有三十匹良种牝马、二十头水牛、一百桶橡籽油、五十张海狸皮，还有许多其他财物。但是早在婚前，她就同一位白皮肤青年相恋。然而我母亲的母亲却泼了人家一脸水,硬逼我母亲嫁给高贵的西马干,他酷似一位国王,被老百姓奉若神明。不过,我母亲却告诉新郎:'我已经怀孕,杀了我吧。'西马干却回答说:'天神不准我干出这样的大坏事。我绝不会给您毁容,既不削您的鼻子,也不割您的耳朵,因为您讲了实话,没有欺骗我。您肚子里的孩子就算我的种;等到布谷鸟飞走,月亮第十三次放光时,我再看望您。'在这期间,我从娘胎里生出来,开始长大,像西班牙人,又像野蛮人那样骄傲,母亲让我成为基督徒,好让她和我父亲的上帝也成为我的上帝。后来,爱情的忧伤又来拜访,她便下到镶了兽皮的小洞穴,永远不出来了。"

这就是阿达拉的身世。我又问她:

"那么,我可怜的孤女,你父亲是谁呢?世人怎么称呼他,他以哪个神命名?"

"我从未给我父亲洗过脚,"阿达拉答道,"我仅仅知道他和他姐姐住在圣奥古斯丁,他一直忠于我母亲。他以天使菲力浦为名,而世人则称他洛佩斯。"

我一听这话，不禁惊叫一声，响彻整个僻野；我的激动的叫声汇入狂风暴雨的喧嚣。我把阿达拉紧紧搂在胸口，失声痛哭，高声说道：

"噢，我的妹妹！噢，洛佩斯的女儿！我的恩人的女儿！"

阿达拉大吃一惊，问我为什么这样激动；然而，她一得知洛佩斯就是在圣奥古斯丁那个慷慨收养我的人，我为了自由才离开了他，她也不禁又困惑又欢喜。

这种天缘巧合真叫我们的心承受不了：这一兄妹情谊突如其来，又为我们的爱增添一层爱。从今往后，阿达拉再搏斗也无济于事了：我感到她徒然用一只手护住胸脯，做了个异乎寻常的举动；而我已经紧紧搂住她，已经陶醉在她的气息中，已经在她的嘴唇上尝到了爱情的全部魅力。在雷鸣电闪中，我仰望天空，当着上帝的面紧紧搂住我的妻子。这样婚礼的盛典，配得上我们的不幸和我们的伟大爱情：壮丽的森林摇动着藤蔓和树冠，作为我们床笫的帏幔和天盖，一棵棵燃烧的松木便是我们婚礼的火炬；泛滥的河水、怒吼的高山，这既可怕又伟壮的大自然，难道是为了欺骗我才布置成婚礼的场面，怎么就不能在这种神秘的施暴中，让一个人的幸福躲藏片刻？

阿达拉已经半推半就，我到了幸福的时刻，突然一道闪电，划破重重黑暗，照亮弥漫着硫黄气味的森林，紧接着一声霹雳，在我们跟前击倒一棵大树。我们赶紧逃开。咦，真叫人惊讶！……在霹雳之后的寂静中，我们听到铃声！两个人都惊呆了，侧耳细听这深山老林中奇特的声音。这时，远处传来一条狗的叫声，它越跑越近，越叫越欢，跑到我们跟前，高兴得拉长声叫唤；一位老隐士手提风灯随后赶来，走出黑洞洞的森林。他一看见我们，便嚷道："谢天谢地！我找了你们好久！暴风雨一开始，我们这狗就嗅到你们的气味，是它带我来到这里。仁慈的上帝！他们多年轻啊！可怜的孩子！他们遭了多大罪！好啦，我带来一张熊皮，可以给这位年轻女子披上；我这葫芦里还有点酒，感谢上帝这种种恩赐！上帝大慈大悲，善行是没有止境的！"

阿达拉跪到修士面前，说道：

"祈祷师啊，我是基督徒，肯定是上天派你来救我的。"

"我的孩子，"隐修士将她扶起来，说道，"我们通常是在夜晚和暴风雨中，敲响传教会的钟，召唤外地来的人。我们还效仿阿尔卑斯山和黎巴嫩的弟兄们，教会这只狗发现迷路的行客。"

至于我，我稍许听懂点儿隐修士的意思，觉得他的善举大大超出人的行为，自己仿佛在做梦。我借着小灯的微光，隐约看见他的胡须和头发湿漉漉的，面孔和手脚都被荆棘划出一道道血印。我终于高声说道：

"老人啊，你的心肠太好了，难道你就不怕雷击吗？"

"怕呀！"老人又热情地说道，"有人处境危险，而我能帮助他们，还顾得害怕？那样的话，我就不配当耶稣基督的仆人了！"

"你可知道，我并不是基督教徒呀！"我又对他说道。

"年轻人，"隐修士答道，"难道我问过你信奉什么宗教吗？耶稣基督没有说过：'我的血将洗净这个人，不洗那个人。'他是为犹太人和异教徒殉难的。他看待所有人都是兄弟，都是不幸者。我在这里为你们做的事无足挂齿；你们到别的地方也能得到救护，但是这份儿光荣绝不会再落到神父头上。我们这些渺小的隐修士，如果不是上天使命的粗糙工具，又能是什么呢？就连我主都手举十字架，头戴荆冠，勇往直前去拯救人类，那么还有哪个战士会胆小而后退呢？"

他这番话打动了我的心，我的眼睛不禁充满赞佩和温情的泪水。传教士又说道：

"我亲爱的孩子，在这一带丛林里，我管理着一小群你们的弟兄野蛮人。我在山里的洞穴离这里不远，同我一道去暖暖身子吧。你们到那里找不到舒适的生活条件，但是总归有个寄身之处。这还要感谢上天的慈悲，因为不少人还无处安身呢。"

## 二 农民

有些正义者内心十分安详，接近他们的人，无不感受到从他们心灵和言谈里散发出来的宁静。

我听着隐修士说话，就感到内心的激情逐渐平息，甚至连暴风雨听这声音，也似乎逐渐离去。不大工夫，乌云大部分飘散，我们可以离开这避难所了。我们走出森林，开始登山。那只狗走在前边，嘴上衔着挑灯棍，但是灯已熄灭。我拉着阿达拉的手，跟在传教士的身后。他常回头瞧我们一眼，对我们两个青年的不幸深表怜悯。他脖颈挂着圣书，手拄着白木杖，那修长的身材、苍白而瘦削的面孔，是一副朴实而诚挚的相貌。这相貌显然不是天生缺乏激情而死气沉沉的，但是看得出来，他的经历很坎坷，那额头的皱纹，就是由美德，由对上帝和人类之爱治愈的激情的一道道伤痕。他停下来同我们说话的时候，那长长的胡须、谦恭低垂的眼睛，那热情的声调，他身上无处不体现平静和崇高。哪个人像我这样，见过欧勃里神父携带经书，荷杖独自走在荒野上，就会对世上基督传教士有个真正的概念。

  我们在危险的山径上走了半小时，便到达传教士居住的山洞。洞口挂着被大雨从岩石上冲下来的青藤和南瓜藤，还湿漉漉的。我穿过藤条进入洞中,只见用万寿果叶编织的一领草席、舀水用的一只葫芦、几个木罐、一把铁铲、一条看家蛇,以及一块当桌子用的石头,石上摆着耶稣受难像和《圣经》。

老人急忙用枯藤点起火,用两个石片磨碎玉米,做了个大饼子,煨在火堆的灰中。等玉米饼烧黄了,他就趁热给我们,又拿来装在枫木罐中的核桃酱。

夜晚又带来宁静,圣灵的仆人提议要我们坐到洞口。我们随他到那里,果然视野极为开阔。暴风雨溃逃向东边,最后发点余威。雷击燃起的森林大火,还在远处通亮;山脚下的松林,整片掀倒在泥淖里;河流卷走泥土、树干、动物尸体,以及河面上漂着银白色肚皮的死鱼。

就是在这样的景象中,阿达拉向深山老保护神讲述我们俩的经历。老人看来深受感动,泪水掉到胡子上,他对阿达拉说道:"我的孩子,你的苦难应当奉献给上帝,你已经做了那么多事情,就是为了上帝的荣光,他也一定能赐给你安宁。你瞧,森林大火在熄灭,激流要枯竭,乌云渐渐消散;你认为能够平息暴风雨,就不能平抚紊乱的人心吗?我亲爱的孩子,你若是没有更好的去处,那我就提供一个位置,让你生活在我幸运地引导给耶稣基督的这群人中间。我来教导沙克达斯,等他配得上的时候,再让他做你丈夫。"

我听了这话,就扑倒在隐修士的膝下,高兴得流下眼泪;然而,阿达拉的脸却变得惨白。老人慈祥地扶我起来的时候,我才发现他双手残废了。阿达拉当即明白他所遭的难,嚷了一句:"野蛮人!"

"我的孩子,"老人蔼然笑笑,又说道,"比起我的圣主所遭受的苦难,这又算什么呢?那些印第安邪教徒折磨了我,那是些可怜的盲人,总有一天上帝会让他们见到光明。他们越伤害我,我就越爱惜他们。我不能留在祖国,当然回去过,是一位尊贵的王后给我这份荣幸,要看一看我布道的这些不值一提的印记。我的工作取得什么样的报酬,能比我们教主批准让我这伤残的手供奉上帝更荣耀呢?既然得了这份儿荣耀,就尽量受之无愧,于是我又返回新大陆,尽余生为上帝效劳。我在这片蛮荒的土地上住了将近三十年,就是我占有这个山洞,到明天为止也整整二十二年了。我初来乍到那时候,这里只有几户流浪的人家,他们习性凶残,过着极其穷苦的生活。我让他们听到了和平的声音,使他们的习性渐趋和顺。现在,他们就在山脚下聚居。我对他们讲解永福之路的同时,还试图教给他们生活的常识,但是也不做得过分,好让这些老实人保持淳朴生活的幸福。至于我,总担心我在场会妨碍他们,便退隐到这个山洞里,他们要问什么事就来见我。我已是风烛残年的人,远离人世,在这深山老林里颂扬上帝,准备与世长辞了。"

隐修士说完这番话,便双膝跪下,我们也效仿他的样子。他开始高声祈祷,阿达拉也随声附和。还有无声的闪电划破东方的夜空,而在西边的乌云上方,三个太阳同时闪亮。被暴风雨惊散的几只狐狸,又从悬崖边探出黑脸;夜风吹干的草木又纷纷挺起弯下的枝茎,传来唰唰的声响。

我们返回山洞,隐修士用柏树上的青苔给阿达拉铺了个地铺。姑娘的眼神和举动都显得十分沉郁，她看着欧勃里神父，似乎有什么隐衷要向他透露，又好像被什么阻碍了，或因有我在场，或因有几分羞愧，再不然就是讲了也无济于事。半夜时分，我听见她起来，去找隐修士。可是，隐修士将床铺让给了阿达拉，自己到山顶去欣赏夜空的美色并祈祷上帝了。次日他对我说，这是他的老习惯了，即使到冬天，他也喜欢观赏落了叶的树林寒枝摇曳，天空的云彩飘飞；喜欢聆听山风呼啸，涧溪轰鸣。因此，我妹妹只好重又躺下，进入梦乡。唉！我倒是满怀希望，觉得阿达拉萎靡不振，只是一时劳顿的表现。

洞外长满金合欢和月桂，栖息着红雀和嘲鸫。次日清晨，我就被鸟雀的歌声叫醒。我出去摘了一朵晨泪打湿的玉兰，插到仍在酣睡的阿达拉头上。我按照家乡的宗教，真希望一个死婴的亡魂钻进露珠落在这朵花上，并且着附美梦进入我未婚妻的腹中。然后，我去找洞主，只见他将袍襟塞进两个口袋里，手上拿着念珠，坐在一棵横卧的古松枝上等我。他提议趁阿达拉还在歇息，要我随他一道去传教会；我接受他的建议，我们立即上路了。

下山时，我发现一些橡树上仿佛由神灵绘了奇特的文字。隐修士告诉我，那是他本人刻写的，写的是一位名叫荷马的古诗人的诗句，另外一些则是更古的诗人所罗门的警句。这种世世代代的智慧、这些被青苔啃噬的诗句、这位刻写诗文的老隐修士，以及这些为他充当书籍的古橡树，这之间有一种神秘莫测的和谐。

老人的姓名、年龄、他传教的日期，却标示在这些树下的一根芦苇上。最后这个纪念碑如此纤弱，我不免诧异。老人回答我说："它要比我活得久长，总比我做的那点善事更有价值。"

我们又来到一个山口，我看见一个奇妙的建筑：一座天然的石桥，类似你也许听说过的弗吉尼亚桥。我的孩子，人们，尤其是你故乡那里的人，经常模仿大自然，但仿制品总要小得多。大自然则不同，也好像模仿人类的工程，其实是向人类提供楷模。大自然就是这样，在两个山峰之间架桥，在云彩里凌空铺路，密布江河示范运河，雕刻峰石示范圆柱，开凿海洋示范池塘。

我们从单孔拱桥下面穿过，又见到另一个奇迹，那是传教会印第安人公墓，或者称作"亡魂小树林"。欧勃里神父准许这些新教徒按土法埋葬，并保留他们坟墓的蛮姓，他仅仅立起一个十字架，将这墓地圣化了①。墓地像公地一样，按各家各户划分成小块。每一小块坟地自成一片小树林，种植的树木随主人的爱好而不同。一条弯弯曲曲的小溪，从树林之间悄悄流过，叫作"宁溪"。这片亡魂的乐土东面截止的地方，正是我刚才从下面穿过的拱桥，南面和北面靠着两个山丘，唯有西面畅通，长了一大片杉木林。绿色花纹的暗红色树干笔直到顶，没有枝杈，极像高高的圆柱，成为这座祠堂的廊柱。一种宗教的声响在这里回荡，宛若管风琴在教堂的拱顶下嗡鸣；然而一深入这殿堂，就只听见鸟雀的颂歌：它们举行永恒的祭祀悼念死者。

我们走出这片树林，就在鲜花盛开的草原上发现坐落在湖畔的传教会村。一条玉兰和绿橡的

---

① 欧勃里神父的做法类似到中国传教的耶稣教士：他们准许中国人按照旧俗将父母葬在自己的陵园。——原注

林荫路直通村子；有一条通往佛罗里达和肯塔基分水岭的古道，两侧也长着玉兰和绿橡。印第安人一见到他们的牧师来到平原，便丢下手中的活儿，纷纷跑去迎他，有的吻他的袍襟，还有的搀扶他走路，母亲则举起自己的婴儿，好让孩子望见洒泪的耶稣基督的使徒。他边走边打听村子的情况，一会儿给这个人出个主意，一会儿轻声责备那个人。他谈到要收获的庄稼，要教育的孩子，要安慰的痛苦；他讲的话句句体现上帝的意志。

我们就是这样由村民簇拥着，走到立在路上的一个高大的十字架前。上帝的这个仆人通常就是在那里，举行他的宗教的神秘仪式。他转身对众人说：

"我亲爱的教徒们，一个兄弟和一个妹妹来到你们这里；而且，更为幸运的是，我看到上帝昨天保住了你们的收成：这是感谢上帝的两条重大原因。让我们献祭吧，每个人都献上一份更深挚的虔敬、更热忱的信念、一种无限的感激和一颗恭顺的心。"

神父立即穿上桑树皮缝制的白色教袍；有人

从十字架脚下的圣体龛里取出圣爵，祭台设在一块方石上，又到附近涧溪汲来水，而一串野葡萄提供了圣酒。我们全跪在高高的草丛里，祭祀开始了。

曙光在山后出现，烧红了东边天，荒山野岭一片黄灿灿和玫瑰色。万道霞光宣告的太阳，终于从光的深渊出来，第一道金光就射在神父举到半空的圣体饼上。宗教的魅力啊！基督教崇拜的盛典啊！一位老隐修士当祭司，岩石当祭坛，荒野为教堂，天真单纯的野蛮人参加祭拜！真的，我毫不怀疑，就在我们跪拜的时候，伟大的圣祭完成了，上帝降临人间，因为我感到他降临我的心田。

我觉得美中不足，只差洛佩斯的女儿在我身边。祭祀完了，我们去村里。那里社会生活和自然生活相交融，景象十分感人：只见古老荒原的柏树林一角，有一片出苗的作物；麦穗的金色波浪，在砍倒的橡木干上面翻滚，一束束夏季作物替代了三百年的古树。森林到处在烧荒，火焰乱窜，滚滚浓烟升到空中，耕犁缓慢地在残存的树根间行进。丈量员拿着长索丈量土地；仲裁者给这种最初的产业登记；鸟儿弃了巢，猛兽的巢穴变成木舍茅屋；听得见铁匠炉的叮当声响，伐木的斧声最后一次回荡，那回声就要随着作为伐木声所隐蔽的树木一起消失了。

我喜不自胜，在一幅幅美景中徜徉，因为脑海装着阿达拉的形象，心陶醉于幸福的憧憬，就觉得这里的景物格外赏心悦目。我赞赏基督教战胜野蛮生活，看到印第安人应宗教的感召文明起来，参加了人和大地的原始婚礼：双方按照这崇高的婚约，人将汗水当作遗产赠给大地，而大地也保证忠实地为人提供收成，抚养子孙和托收遗骸。

这工夫，有人抱来一个孩子，传教士就在一条小溪岸边的茉莉花丛中，给那孩子洗礼，而一副棺木从嬉戏和劳作中间穿过，送往"亡魂小树林"。一对新婚夫妇，在橡树下接受祝福，然后我们就把他们安置在荒野的角落。牧师走在我们前面，指点岩石、树木和清泉，随时祝福，就像基督教徒的书中所讲，从前上帝祝福未开垦的土地并将其当作遗产赐给亚当那样。这长长的队列，一伙伙乱哄哄的，跟随他们德高望重的首领，在山岩之间行进，深深感动我这颗心，正像最初的家庭迁徙的景象，那是闪①率领子孙，跟随太阳穿越陌生的世界。

我想了解这位圣洁的隐修士如何管理他的孩子，他十分乐意回答，对我说道：

"我没有给他们定一条法规，只是教他们互爱互助，祈祷上帝，期望更美好的生活：这里面包含了世上所有法规。你瞧见的村子中央那间最大的木屋，那就是雨季时节的礼拜堂。傍晚和清晨，村民在那里相聚颂扬上帝，我不在时就由一位老人祈祷，因为年长同母爱一样，是一种神圣的头衔。祈祷完了就下田干活。如果说分田到户，那也是为了让每个人学会社会经济，但是收成都归入公共粮仓，以便保持兄弟般的友爱。劳动的产品，由四位老人主持平均分配。此外，再加上宗教仪式，经常唱感恩歌，以及我举行祭祀的那个十字架、

---

①据《圣经·旧约》记载，闪是诺亚的长子，大洪水过后他率子孙寻地建国，是闪族人的祖先。

好天儿时我在下面布道的那棵榆树、与我们麦田毗邻的坟茔、我给婴儿洗礼的河流和这个新伯大尼①的圣约翰节，你了解了这一切，就会对这个耶稣基督的王国有个完整的概念。"

听了隐修士这番话，我简直给迷住了，感到这种稳定而忙碌的生活，要胜过野蛮流浪的懒散生活。

勒内啊，我绝不是抱怨天主，但是我要承认每次回想起这个福音社会，就总感到遗憾的苦涩。有阿达拉在身边，在那儿盖个窝棚，我的生活就会美满幸福！在那里就会结束我的流浪生活，同妻子相厮守，不为世人所知，将我的幸福隐藏在密林中，一生就像这荒山野岭的无名小溪，悄悄地流逝。哪知我过安宁日子的这种心愿非但未遂，一生反而罹难重重！我不过是个玩偶，始终受命运的摆布，长期流离失所，处处碰壁，等返回家园再一看，只剩下一间破屋和故友的坟墓了：这恐怕就是沙克达斯的命数。

---

① 耶路撒冷附近的一座古镇。

## 三　惨事

我这场幸福梦固然很鲜明,但是很短促,一到隐修士的洞口就醒来了。时已中午,阿达拉听到我们的脚步声,竟没有跑出来迎接,我不免感到惊讶,突然产生一种无名的恐惧。我走近洞口,却不敢呼唤洛佩斯的女儿,不管我的呼唤会引起慌乱还是碰到沉默,在我的想象中都同样可怖,还觉得笼罩洞口的黑暗更加可怕,于是我对传教士说:

"唔,您有老天保佑,有老天鼓励,还是您进黑洞里瞧瞧吧。"

受痴情控制的人多么怯懦啊!而皈依上帝的人又是多么坚强!他那颗虔诚的心经受了七十六年的风雨,还比我这热血青年更勇敢。老人走进洞去,我则惊恐万状,站在洞外。不大工夫,洞里深处传出哀叹似的低语,抵达我的耳畔。于是,我又恢复勇气,大叫一声,向黑暗的洞里冲去……我祖先的精灵啊!唯独你们知道,我看到的是一幕什么景象!

隐修士已经点燃一支松脂火炬，高高举起照着阿达拉的床铺，可他的手却不住地颤抖。美丽的姑娘用臂肘半支起身子，她脸色惨白，头发蓬乱，额头沁出痛苦的汗珠，而黯淡无神的眼睛投向我表露她的情爱，嘴唇还勉力泛起微笑。真是一声霹雳，我被击昏了头，两眼发直，嘴唇半张开，手臂伸出去，身子站在原地却动弹不得。一片死寂笼罩着这幕痛苦场景中的三个人。还是隐修士头一个打破沉默，说道：

"大概只是疲劳过度引起的高烧，如果我们顺从上帝的意旨，那么上帝一定会怜悯我们。"

听他这么一讲，我心头凝滞的血液重又流动起来，而野蛮人情绪变化快，我从恐惧转为坚信不疑，突然从一个极端跳到另一个极端。然而，阿达拉却没有让我这种坚信持续多久。她忧伤地摇了摇头，示意我们靠近她的床铺。

"我的神父，"她声音微弱，对修士说道，"我快要死了。噢，沙克达斯！你听着，可不要绝望，这致命的秘密，我一直向你隐瞒，就是免得让你太凄惨，也为了遵从我母亲的遗愿。我的时间不多了,尽量忍住痛苦,不要打断我的话,那样会加快最后一刻的到来。我有许多事情要讲,可是,这颗心跳动越来越缓慢了……胸口也不知有什么冰冷的重负压着,难以支撑了……我感到自己还不能说得太急。"

阿达拉沉吟了片刻,才这样继续说道:

"我的悲惨命运,差不多在我出世之前就开始了。我母亲是在不幸之中怀上了我,怀孕期间疲惫不堪,生我时又五内俱裂,眼看保不住我的生命了。母亲为保我的命就许了个愿:如果我逃脱一死,她就让我将童贞奉献给天使的王后……这一致命的誓愿,将我推向坟墓!

"我长到十六岁那年,失去了母亲。她临终前几小时将我叫到床前,当着为她做临终忏悔的教士的面,对我说道:

"'我的女儿,你知道我为你许下的愿。你会不会违拗母亲呢?我的阿达拉啊!我把你丢在不配有基督徒的地方,丢在迫害你父亲和我的上帝的异教徒中间,而上帝给了你生命之后,又显圣保住了你的命。唉!我亲爱的孩子,你接受修女的面纱，也不过是舍弃俗世的烦忧，舍弃曾扰乱你母亲心绪的强烈感情！过来呀，心爱的孩子，过来，你要以这位神父和你要咽气的母亲手上的这个圣母像，对天发誓绝不违背我的誓愿。想一想吧，为了救你的命，我替你许了愿，你若是不履行我这个诺言，就会让为娘的灵魂永受磨难。'

"我的母亲啊！您为什么要这样讲！宗教啊，既给我痛苦又给我幸福，既毁了我又安慰我。还有你，既可爱又可悲的人，由你引起的一种深情将我消耗，直至将我送入死亡的怀抱！沙克达斯啊，现在你明白了，是什么安排了我们的严酷命运！……当时我失声痛哭，扑进母亲的怀中，全部答应了要我许诺的事情。传教士为我宣读了可怕的誓言，交给我永远束缚我的修袍。我母亲以诅咒相威胁，说我绝不能毁愿，然后又叮嘱我，这秘密绝不能泄露给迫害我的宗教的异教徒，她这才搂着我咽了气。

"起初，我并没有意识到我的誓言所包含的危险。我充满热忱，成为名副其实的基督教徒，自豪地感到，我的脉管里流着西班牙人的血液，而且周围所见,没有一个男人配得起我。我庆幸自己没有别的夫君,只属于我母亲所信奉的上帝。可是,我见到了你,年轻俊美的战俘,便可怜你的命运,敢于在森林的火刑柴堆旁边同你说话,那时我才感到我许的愿的全部分量。"

等阿达拉说完这番话,我握紧拳头,怒视传教士,高声威胁道:"瞧,这就是你所极力吹捧的宗教!把阿达拉从我手中夺走的誓言见鬼去吧!违背自然的上帝见鬼去吧!你这个人,你这个教士,到这深山密林里来干什么?"

"你要拯救自己,"老人厉声说道,"控制你的激情吧,你这亵渎上帝的人,不要惹起上天的震怒!年轻人,你刚刚进入人生,遭到痛苦的事就抱怨起来!你受苦的伤痕在哪儿?你受到的冤屈在哪儿?唯独美德可能赋予你抱怨的权利,而你的美德又在哪儿?你效过什么力?你行过什么善?哼!可怜的人,你只能将激情摆到我面前,竟敢指责苍天!等你像欧勃里神父一样,在深山老林度过三十年,到那时,你对上帝的意图就不会轻易下断语了,到那时你就会明白你什么也不知晓,什么也不是，你就会明白已然堕落的肉体，受多么严酷的惩罚，遭多大的苦难，都是自作自受。"

老人双眼射出的亮光、在胸前抖动的胡须、犹如霹雳的话语，都使他形同上帝。我为他的威严神态所降服，便跪到他膝前，请求他原谅我的冲动。

"我的孩子，"他回答我的语气特别和蔼，令我深感内疚，"我的孩子，我这样斥责你，并不是为我自己辩解。唉！我亲爱的孩子，你说得有道理：我来这深山老林，做的事情很少，上帝没有比我还不中用的仆人。然而，我的孩子，上天、上天啊，那可绝不应该指责！假如我冒犯了你，那就请你原谅我，我们还是听你妹妹讲吧。也许还有救，我们千万不要丧失希望。沙克达斯，基督教是一种神圣的宗教，它能将希望化为美德！"

"我的年轻朋友，"阿达拉又说道，"我进行的搏斗，你是见证人，但是你也只看到极小部分，大部分我都向你隐瞒了。是的，用汗水浇灌佛罗里达滚烫的沙子的那些黑奴，也不如阿达拉可怜。我恳求你逃命，但是已经横下一条心，如果你远走高飞，我就一死了之。我害怕随你逃往荒野，但是又渴望林子的树荫……唉！如果只是离开亲友和家园，甚至可以说（可怕的事情），如果只是毁掉我的灵魂，那也好办啊！然而，你的幽魂，我的母亲啊！你的幽魂，一直守在我身边，责备我害你受熬煎！我听到了你的哀怨，也看见了地狱之火将你焚烧。我的夜晚一片荒芜，鬼影重重；我的白天也忧心忡忡。夜露降落在我这滚烫的肌肤上，立刻就干了。我半张开嘴唇，要借清风的爽意，可是清风非但没有送爽，反而被我的火热气息点燃了。看着你远离人世，在荒山野岭同我形影不离，同时又感到你我之间隔着一道不可逾越的壁垒，这真叫我心痛欲碎！终生同你厮守在一起，像奴婢一样侍候你，无论到天涯海角，也为你做饭，铺床铺，这对我来说，本来是最大的幸福！而且这幸福，我已经触摸到了，却又不能安享。我做了多少打算啊！这颗忧伤的心生出多少梦想！有时我注视着你，就不由得萌生又荒唐又有罪的渴念：忽而想成为大地上唯一的人，和你在一起；忽而又感到有神灵阻遏我的巨大激情，就咒这神灵毁灭，只要能让你把我紧紧搂在怀中，哪怕同上帝和世界的残余一起堕入无底深渊！甚至在此刻……还用我说吗？就在此刻，我要被永恒吞没，要去见无情的判官的时候，高兴地看到贞节吞噬了我的生命，然而，这是多么可怕的矛盾，我走了却又带着没有委身于你的遗憾！"

"我的女儿，"传教士打断她的话，"痛苦把你弄得晕头转向了。你放纵的这种过分炽烈的感情，极少是合乎情理的，甚至是违反天性的；不过在上帝看来，这一点罪过不大，因为这主要是思想迷误，而不是心存邪恶。这种狂热的情绪，同你的贞洁不相称，因此，你必须排除掉。再说，我亲爱的孩子，你这样惊慌失措，是你把自己的誓愿想象得太离谱了。宗教绝不要求不近人情的牺牲。宗教的真正感情、讲究分寸的品德，远远胜过所谓英雄主义的那种狂热感情、那种强制性的品德。听着！可怜的迷途的羔羊，假如你一命呜呼，慈悲的牧师也要寻找你，将你领回羊群里。悔改是一座宝库，大门始终为你敞开：在世人看来，我们的过错必须用大量的鲜血洗刷；而对上帝来说，有一滴眼泪就足够了。你尽可放心,我亲爱的女儿,你的状况需要平静;让我们来祈求上帝吧,他能治愈他的仆人的所有创伤。如果上帝像我希望的这样,让你逃脱这场病灾,我就写信给魁北克的主教,他完全有权解脱你的誓愿,而你这誓愿也是极其平常的,到了那时你就结婚,同你丈夫沙克达斯终生守在我身边。"

听了老人这些话,阿达拉昏厥了好一阵子,等苏醒过来,又陷入极大的痛苦。

"什么!"她合拢双手,十分激动地说,"还有救!我还可以解脱誓愿!"

"对,我的女儿,"神父答道,"你的誓愿还能够解脱。"

"太迟了,太迟了,"阿达拉嚷道,"难道非得赶上我得知自己能获得幸福的时刻死去!我怎么不早点儿认识这位神圣的老人啊!若是早认识了,今天我同你在一起,同信奉基督教的沙克达斯在一起,该有多幸福啊……有这样一位崇敬神父安抚宽慰……在这片荒僻的土地上……永远生活……噢!这样就太幸福啦!"

"平静下来,"我握住这不幸姑娘的一只手,对她说道,"平静下来。这种幸福,我们就要尝到了。"

"永远也不会了!永远也不会了!"阿达拉说道。

"怎么不会呢?"我又问道。

"你还不了解全部情况,"贞洁的姑娘高声说道,"是在昨天……暴风雨里……我差一点儿违背了自己的誓愿,差一点儿把我母亲推进地狱的烈焰中;她已经诅咒我了;我已经欺骗了救我性命的上帝……你吻我颤抖的嘴唇的时候,你还不知道啊,你还不知道亲吻的是死亡!"

"噢,天哪!"传教士高声说道,"亲爱的孩子,你干了什么呀?"

"我犯了罪,神父,"阿达拉眼睛失神,说道,"不过,我仅仅毁了我自己,却救了我母亲。"

"把话说完啊。"我惊恐万状地嚷道。

"好吧!"阿达拉说道,"我早就料到自己顶不住,离开村子的时候,就随身带了……"

"带了什么?"我又恐怖地问道。

"一种毒药!"神父说道。

"我已经吃下去了。"阿达拉高声说道。

隐修士手中的火炬掉落了,我也瘫软在洛佩斯的女儿身边。老人将我们俩紧紧搂住,一时间,我们三人在黑暗中,在这灵床上泣不成声。

"我们醒醒吧,我们醒醒吧!"有勇气的隐修士很快又点亮一盏灯,说道,"我们这是浪费宝贵的时间:不屈不挠的基督徒,我们要顶住厄运的冲击;让我们脖颈套上绳索,头顶香灰,跪下祈求上天,恳求上天宽宥,或者表示顺从上天的法旨。也许还来得及。我的女儿,昨天晚上你就应当告诉我。"

"唉!我的神父,"阿达拉说道,"昨天夜晚我找过你,可是,上天要惩罚我的罪过,已经让你走开了。况且,怎么抢救也没用了,就连最善于解毒的印第安人,也不知道用什么来解我服的毒药。沙克达斯啊,药性出乎我的意料,没有很快发作,你想想我该多么奇怪!爱情给我增添了力量,我的灵魂不会那么快就离开你。"

当时,干扰阿达拉讲述下去的,已不再是我

的痛苦，而是野蛮人所特有的疯狂动作。我扭转手臂，咬噬自己的手，发狂地满地打滚儿。老教士和蔼极了，在我和阿达拉之间来回奔忙，千方百计地安抚和劝慰，他内心沉静，年事又高，多所阅历，善于说服我们这样的年轻人，而且又有宗教所赋予的声调，听起来比我们狂热的感情更温存，更炽烈。这位教士四十年如一日，在深山老林为上帝和人效力，这不是让你联想起以色列终年在祭坛上供奉上帝的冒烟的燔祭品吗？

唉！他拿解毒药来治阿达拉，但已无济于事。疲惫和忧伤，毒性又发作，以及比所有毒物都致命的激动，纠集在一起，就要夺走这朵荒野之花了。傍晚时分，可怕的症状显现了，阿达拉四肢麻木，手脚开始发凉。

"摸摸我的手指，"阿达拉对我说道，"你不觉得冰凉吗？"

我恐惧得毛发倒竖，不知该如何回答。继而，阿达拉又说道："我心爱的，昨天你稍微碰一碰，我还会战栗呢，可是现在，我感觉不到你手的抚摩了，也几乎听不见你的声音了。洞里的东西一件一件消失了。是不是鸟儿在歌唱？现在，太阳快要落山了吧？沙克达斯，荒野落日的霞光，照在我的坟墓上，一定非常美！"

阿达拉发现她这话又引得我们泪如泉涌，便说道：

"请原谅，我的两位好朋友，我很软弱，也许不久，我就会坚强起来。然而，这么年轻就死去，我这颗心却又充满生命！教士啊，可怜可怜我吧，支持支持我吧。你认为我母亲会满意，上帝会宽恕我做的事吗？"

"我的女儿，"善良的修士答道，他止不住热泪滚滚，用颤抖的残指去擦，"我的女儿，你的种种不幸，全由于你的无知；你受了野蛮习俗的教育，缺乏必要的知识，结果把你给毁了。你还不知道，一个基督徒不能支配自己的生命。不过，我亲爱的羔羊，放宽心吧，上帝考虑你心地纯朴，会宽恕你的。你母亲和指导她的那位冒失的传教士，比你罪过大，他们超越了自己的权限，逼迫你发了一个轻率的誓愿。但愿上帝保佑他们的灵魂安息！你们三人提供了可怕的榜样，让人看到狂热和缺乏宗教方面的知识有多危险。你就放心吧，我的孩子，要探测人心与肺腑的上帝，将凭你的动机而不是行为判断你：你的动机纯正，而行为应受谴责。

"至于说生命，假如时刻已到，你该去上帝的怀里安息，那么，我亲爱的孩子啊！你失去这个人世，也没有丧失多少东西！你尽管生活在荒僻的地方，也还是体味到了忧伤；假如你目睹人类社会的疾苦，假如你登岸到欧洲，耳朵充斥旧大陆的痛苦的长号，那么你又会怎么想呢？在这人世上，无论住草棚的野人，还是身居宫殿的王公，都在痛苦呻吟；那些王后有时就像平民妇女一样痛哭，而国王的眼里能容纳那么多泪水，也着实令人惊讶！

"你是痛惜你的爱情吗？我的女儿，那就等于哀悼一场梦幻。你了解男人的心吗？你能计数男人的欲望有多少次变化吗？那你还不如去数暴风雨中大海有多少波浪。阿达拉，做了多少牺牲，有多大恩情，都不是永远相爱的锁链：也许有那么一天，爱久生厌，往日的恩爱就变得无足轻重了，眼睛就只盯着一种又可怜又可厌的结合的种种弊端。我的女儿，出自造物主之手的那一男一女相爱，当然是最美好的爱情。天堂为他们而造，他们天真无邪，长生不死。他们的灵魂和肉体都完美无瑕，无一不珠联璧合：夏娃为亚当所造，亚当也为夏娃所造。然而，就连他们俩都不能保持这种幸福美满的状况，后世的夫妻又怎么能做到呢？原始人的婚姻，就不要对你讲了：那种结合难以启齿，一奶同胞的兄妹做夫妻，男女之爱和手足之情，在同一颗心里混淆起来，这种感情的纯洁也增添另一种感情的乐趣。所有这种结合都纷扰烦乱；嫉妒溜上了祭献羔羊的草坪祭坛，笼罩了亚伯拉罕的帐篷，甚至笼罩了那些族长的卧榻：他们终日寻欢作乐，忘记了他们的母亲是怎么死的。

"我的孩子，你还以为，比起耶稣基督要投胎下凡的那种神圣家庭，你的结合会更纯洁，更美满吗？那种家庭的忧虑、争吵、相互指责、担心不安，以及悬在夫妻枕席上面的所有难言的苦恼，我就不对你详细讲了。女人是流着泪出嫁的，做一回母亲就吃一次苦头。吃奶的婴儿一旦夭折，死在你的怀里，那又会造成多大痛苦啊！哀吟之声响彻山川，什么也安慰不了拉结①，因为她失去了儿子。与人的脉脉温情连在一起的这种惨痛十分强烈，我甚至见到我国受到国王宠爱的贵妇，毅然决然离开朝廷，入修道院隐居，摧残这不驯服的肉体，深知肉体的欢乐无非是痛苦。

"不过，也许你要说，这些事例与你无关，你的最大愿望，就是同你选中的男人生活在昏暗的窝棚里；你所追求的，主要不是婚姻的甜美，而是年轻人称作爱情的那种荒唐事的魅力，对不对？空想，幻象，虚无，病态想象出来的梦境啊！我的女儿，我本人也经历过，心性也迷乱过：我这头也不是生来就秃顶，我这胸膛，也不是总像今天这样平静。请相信我的经验：一个男人在感情上如能持久，如能永葆这种感情的青春，那么在孤独和爱方面，他无疑能和上帝相匹敌了，因为

---

① 据《圣经》记载，耶稣降生后，由东方来的博士说他将成为犹太之王。犹太王希律便派人寻觅，找不到时，便下令将伯利恒城及四周两岁以内男婴全部杀掉。拉结和雅各生的孩子未能幸免，因而号哭不已。

这两方面正是上帝两个永恒的乐趣。然而，人的心性容易生厌，永远不会长久地完全爱同一个人。两颗心总有些地方不合拍，久而久之，生活就会变得无法忍受了。

"最后，我亲爱的女儿，人的一大过错，就是好做幸福的美梦，忘记了人天生的痼疾：死亡，人必有一死。在人间不管享受多大幸福，这张俊美的脸迟早也要变，变成亚当的子孙进入坟墓后的统一面孔。到那时，就连沙克达斯的这双眼睛，恐怕也难从你墓中的姊妹里认出你来。爱情的力量控制不了棺木的蛀虫。我说什么呢？（空而又空啊！）我竟然谈到世上情谊的威力？我亲爱的女儿，你想了解这威力有多大吗？一个人死后数年，如果又还阳了，我怀疑就连为他流泪最多的人，重新见到他也不会高兴：人多快就找到新欢，多容易养成新的习惯，人的天性又是多么变化无常啊，即使在朋友的心目中，我们的生命也是多么无足轻重啊！

"感谢仁慈的上帝吧，我亲爱的女儿，他这么早就把你从苦难的深渊中解救出来。天上已经为你准备了圣女的白色衣裙、亮丽的桂冠;我已经听见天使的王后高声将你呼唤:'来呀,我的好侍女,来呀,我的鸽子,来坐到纯真的宝座上,来到所有这些女孩子中间,她们把红颜和青春都献给了人类,献给了儿童教育和修圣事。来呀,圣花玫瑰,到耶稣基督的怀抱里来安息。这副棺木,你选定的婚床,绝不会虚设,你天上的丈夫将永世同你拥抱相爱!'"

老人安详的话语平抚了我情人心中的激情,如同落日的余晖止住风,将静谧布满天空那样。阿达拉此刻似乎只关注我的痛苦,要设法让我经受住失去她的变故。她忽而对我说,我若是答应收住眼泪,那么她就会幸福地死去;忽而又对我讲起她的母亲和家园,试图转移我眼前的痛苦。她劝我要忍耐,要修德。

"你不会总这样不幸的,"她说道,"上天现在让你吃苦,就是要促使你更加同情别人的苦难。沙克达斯啊,人心就像树木,要用斧子砍伤,才能流出医治人类创伤的香脂。"

她讲完这番话,脸又转向教士,要从他那里

寻求她刚刚给我的宽慰；真是又要劝解人，又要接受人的劝慰；她躺在临终的床上，既发出又聆听生命之音。

这时，隐修士热情倍增，他那副老骨头因慈悲的热忱而重又活跃起来：他不断地配药、点亮火把、翻换铺草、热烈地赞美上帝和福乐。他高举宗教的火炬，似乎引导阿达拉走向坟墓，一路指给她看人所不知的奇观。简陋的山洞里充满这种基督徒之死的庄严气氛，毫无疑问，神灵在注视着这一场景：宗教独战爱情、青春和死亡。

神圣的宗教终于获胜，而这一胜利，从一种圣洁的悲哀取代我们心中之爱的最初冲动，就能够看出来。将近午夜时分，阿达拉似乎又有了点儿精神，能跟着在床边的教士诵念祈祷词。过了一会儿，她把手伸向我，以勉强听得见的声音对我说：

"乌塔利西的儿子，你还记得吗，第一次相见的夜晚，你把我当作'临刑之爱的贞女'啦？我们命运的多么奇特的征兆啊！"她停顿一下，又接着说道："我一想到要永远离开你了，这颗心就拼力要复活,我几乎感到爱得这么强烈,自己就能够永生了。然而,我的上帝啊,还是实现你的意志吧!"

阿达拉又沉默了,过了半晌才补充说道:

"现在我只剩下一件心事了,就是求你宽恕我给你造成的痛苦。我又高傲又任性,也真把你折磨得够呛。沙克达斯,往我的遗体上洒点儿土,就会将一个世界置于你我之间,也就使你永远摆脱我的不幸给你增加的重负了。"

"宽恕你,"我已经泪流满面,回答说,"不正是我给你造成所有这些不幸吗?"

"我的朋友,"她打断我的话,说道,"你让我感受到了极大的幸福,我若是能从头开始生活的话,也宁肯在不幸的流亡中爱你片刻的幸福,而不愿在我的家园安度一生。"

阿达拉说到这里,声音止息了;死亡的阴影在眼睛和嘴四周扩散;她手指摸来摸去,仿佛要触碰什么东西;她是在同无形的精灵低声说话。不大工夫,她又挣扎着想摘下颈上的小十字架,但是做不到,她就叫我替她解下来,对我说道:

"我头一次跟你说话的时候,你看到这副十字架映着火光,在我胸前闪闪发亮,这是阿达拉仅有的财富。你的义父,我的生父洛佩斯,在我出生几天后,把它寄给我母亲的。我的哥哥啊,收下我这个遗物吧,就留作纪念我的不幸。你在生活的忧患中,可以求助于不幸者的这个上帝。沙克达斯,我对你还有最后一个请求。朋友啊,我们在世间若是结合,生活也很短暂,然而,今生之后还有更长久的生活。如果永生永世同你分离,那就太可怕啦!今天,我只是比你先走一步,到天国里等待你。你果真爱过我,那就让人接受你入基督教吧。基督教会安排我们俩团聚,这种宗教让你看到一个大奇迹,就是使我能够离开你,而不是在绝望的惶恐中送命。可是,沙克达斯,我深知要你发个誓愿是什么代价,只想求你简单地答应一句,要你发誓愿,就可能把你和一个比我幸运的女人拆开……母亲啊,宽恕你女儿吧。圣母啊,请不要发怒。此刻,我又软弱了,我的上帝啊,我向你窃取了本来只应对你才有的念头!"

我肝肠寸断，向阿达拉保证有朝一日我将皈依基督教。隐修士见此情景，便站起身，那样子仿佛接受了神谕，双臂举向洞顶，高声说道：

"时候到了，时候到了，该呼唤上帝降临！"

话音未落，我就感到一股超自然的力量，不得不跪下，匍匐在阿达拉的床脚下。教士打开一个密龛，只见里面放着一个包着纱巾的金瓮，他双膝跪倒，深深地礼拜。满洞仿佛顿时生辉，只听空中传来天使的话语和缭绕的仙乐。这时，老人从圣龛中取出圣器，我就觉得上帝从山腰走出来了。

教士掀开圣餐杯的盖，用两根手指夹出一块雪白的圣体饼，口中念念有词，走到阿达拉跟前。那圣女举目凝望天空，她的所有痛苦仿佛都中止了，全部生命凝聚在她的嘴上；她嘴唇微启，虔敬地寻觅隐形在圣体饼下面的上帝。继而，神圣的老人拿一点儿棉花，蘸上圣油，用来擦拭阿达拉的太阳穴；他对着临终的姑娘注视一会儿，突然脱口断喝一声：

"走吧，基督徒的灵魂，回到你的造物主身

边去！"

我抬起垂到地上的头，瞧瞧圣油瓮里面，高声问道：

"我的神父，这药能把阿达拉救活吗？"

"是的，我的孩子，"老人说着，倒在我的怀里，"她得到了永生！"

阿达拉断气了。

（沙克达斯叙述到这里，不得不第二次中断了。他泪流满面，泣不成声。这位双目失明的酋长解衣露出胸脯，掏出阿达拉的十字架。）

"瞧，这就是厄运的证物！勒内啊，我的孩子，你看见它了，而我呢，再也看不见啦！告诉我，过去了这么多年，这金子一点儿也没有变色吗？你一点儿也看不见我流在上面的泪痕吗？你能辨认出一位圣女吻过的地方吗？沙克达斯至今怎么还没有成为基督教徒呢？究竟碍于什么政治的和乡土的微不足道的原因，他仍然滞留在先辈的谬误中呢？我不愿再拖延下去了。大地向我高呼：'你什么时候下到坟墓中，你还等什么，还不赶快皈依神圣的宗教？'大地啊，你等我不会太久了。我这因悲伤而白了的头,一旦由教士浸入圣水而恢复青春,我就希望去和阿达拉相聚。不过,我这经历剩下的部分,还是让我们讲完吧。"

## 四 葬礼

勒内啊,阿达拉咽气时我是多么悲痛欲绝,今天就不想对你描述了。要想描述,我所剩余的热力也不够了,我的闭合的双眼必须重见天日,向太阳清算在阳光下流了多少泪。是的,要让我不再为阿达拉流泪,那除非此刻在我们头上的明月不再照耀肯塔基荒原,除非现在载着我们独木舟的河水停止流淌!我整整两天听不进隐修士的劝慰。这位杰出的人为了抚平我的痛苦,并不讲世间的空道理,仅仅对我说一句:"我的孩子,这是上帝的意志。"说罢,他就把我紧紧搂在怀里。我若是没有亲身体验,绝不会相信驯顺的基督教徒少许几句话,竟能给人这么多安慰。

上帝的这位老仆人以其温情、热忱和始终一贯的耐心,终于战胜了我这种执拗的痛苦。我惹他流泪，不免心中惭愧，便对他说：

"我的神父，事情太过分了，不能再让一个青年的痴情扰乱你的平静生活。让我把妻子的遗体带走，到荒野找个角落安葬；如果我受罚还得活在世上，我就尽力而为，不辜负阿达拉向我许下的永恒婚约。"

善良的神父见我重新振作起来，喜出望外，高兴得浑身直颤抖，高声说道：

"耶稣基督的鲜血啊，我的神圣主人的鲜血，我看出来这是你的功德！毫无疑问，你将拯救这个青年。上帝啊，完成你的功业吧，让这颗紊乱的灵魂重获平静，让他对自己的不幸只保留谦卑而有益的回忆。"

这位义人不肯将洛佩斯女儿的遗体交给我，但是他向我提议，召集他的全体教徒，举行隆重的基督教仪式为她安葬；这回倒是我拒绝了，对他说道：

"阿达拉的不幸和德行，世人都不知道；莫不如我们俩悄悄挖个坟墓，把她安葬在无人知晓的地方。"

我们商定第二天日出之前行动，将阿达拉葬在天然拱桥下的"亡魂小树林"的入口处。我们俩还决定守灵，整夜待在圣女遗体旁祈祷。

　　傍晚时分，我们将这珍贵的遗体移放在此洞口。隐修士给她裹上欧洲麻布，那是他母亲纺织的，也是他从祖国带来的唯一存留的物品，本来留作自己寿终之用。阿达拉躺在野生含羞草地上，她的头、肩膀、上半胸和双脚没有裹住。她的头发上还插着一朵枯萎了的玉兰花……正是我放在贞女床上，为使她受胎怀孕的那一朵。她的双唇宛若两天前摘下的玫瑰花蕾，似已衰微，却还在微笑。她的面颊白得发亮，几条青紫的脉管清晰可见。她那美丽的眼睛合上了，那对纤足也并拢了，那双晶莹洁白的手压在胸口的乌木十字架上，而脖颈则套上了她发誓愿的圣牌。她仿佛中了忧郁天使的仙术，沉入纯真和墓穴的双重睡眠中。我没有见过比这更圣洁的形象了。凡是不了解这少女曾活在世上的人，都可能把她看作沉睡的贞女雕像。

　　整整一夜，隐修士不停地祈祷。我则默默无

言,守着阿达拉的灵床。有多少回啊,她这可爱的头枕在我膝上睡觉!有多少回啊,我俯身聆听并呼吸她的气息!然而此刻,她的胸脯纹丝不动,发不出任何声息了,而我还徒然地等待美丽的姑娘醒来!

月亮将它昏暗的火炬借给守灵人一用。它是午夜升起来的,犹如素衣贞女,前来为闺友奔丧。不久,它就将忧伤的神秘色彩扩散到树林,这忧伤的巨大秘密,它喜欢讲给老橡树和古老的海岸。隐修士不时拿起花枝,蘸上圣水抖动,给黑夜洒上天香。有时,他还借用一支古曲,反复吟唱一个名叫约伯的古诗人的诗句:

我像一朵花已经凋残,
我似田间草已经枯干。

不幸者为何来到阳间?
断肠人为何不下黄泉?

老人就这样吟唱。他那略带节奏的庄严声音,在寂静的荒山野岭中流转。上帝和死亡的概念从所有回声、所有激流和所有丛林中飘逸而出。弗吉尼亚野鸽的咕咕啼叫、涧溪的哗哗流淌、召唤游人的叮当钟鸣,同这挽歌汇成和声,真让人以为在"亡魂小树林"的幽灵在应和隐修士的吟唱。

这时,东方出现一道金线。鸟雀开始在岩头鸣噪,紫貂溜回榆树洞:这是阿达拉出殡的信号。隐修士手拿铁铲走在前面,我扛着遗体紧随其后。我们一步一步开始下山,因高龄和逝者而放慢脚步。原先在林中找到我和阿达拉的那条猎犬,此刻却欢跳着引导我们走上另一条路,我又禁不住热泪滚滚。阿达拉的长发由晨风抚弄,时常在我眼前展开金色的面纱;而我不堪重负,不得不时常将遗体放在苔藓上,自己坐在旁边歇息。我们终于走到我的伤心痛苦之地,来到拱桥下面。我的孩子啊,当时的情景,你真应当亲眼见一见:一个土著青年和一位年迈的隐修士,面对面跪在荒山,用双手为一个薄命的姑娘挖掘坟墓,而那遗体就放在旁边,横卧在干涸的溪谷中!

我们的工程一完成,就把美丽的姑娘安放在

土床上。唉!我原先希望为她准备的,完全是另一张床铺啊!我抓起一把土,最后一次凝视阿达拉的面容,保持着令人惶怖的沉默。继而,我将长眠土撒到十八岁少女的额头上,只见我妹妹形体渐渐隐没,她那秀美的仪容被永恒的幕布遮住了。有那么一会儿工夫,她的胸脯还露在黑土外面,宛如破土的白色百合,于是我喊道:

"洛佩斯啊,瞧瞧你的义子在安葬你的女儿!"

接着,我用长眠土将阿达拉全身盖上了。

我们又回到山洞,我告诉修士,自己已打算好留在他身边。这位圣徒熟谙人心,看出我是因痛苦而作的决定,他对我说道:

"沙克达斯,乌塔利西的儿子,阿达拉活着的时候,我会主动恳请你留在我身边;现在呢,你的命运改变了,你应当为你的家园效力。我的孩子,请相信我,痛苦绝不会永远继续下去,迟早要结束,只因人心是有限度的;这也是我们的一大不幸:我们甚至不能长时间保持痛苦的心态。你还是回到密西西比,去安慰你那每天流泪、需要你帮助的母亲。你要入你的阿达拉信奉的宗教,记住你答应过她做个有德行的基督徒。我呢,就在这里看守她的坟墓。走吧,我的孩子,你妹妹的灵魂和你这老友的心,一定会伴随你的左右。"

这就是岩洞老人的一番话。他的权威大极了,智慧深极了,令我不能不服从。次日,我就离开可敬的老人,他紧紧地搂住我,给我最后的忠告和祝福,为我洒下最后的眼泪。我经过坟墓,惊奇地发现上面立了一副小十字架,看上去就像沉船还露在水面的桅杆。我断定隐修士夜里又来墓前祈祷了,这种友谊和宗教的标记又引我泪如雨下。当时我真想扒开墓穴,再看一眼我的心上人,但是被一种宗教的恐惧制止住了。我坐在新翻动过的土地上,一只臂肘支在膝上,用手托着头,深深地陷入极为凄苦的遐想。勒内啊,那是我头一次认真地思索人生的空虚、人生种种打算的极大空虚!唉!我的孩子,有谁会丝毫也没有做过这种思考啊!如今,我不过是一只岁月染白了头的老鹿,活的年头比得上乌鸦;然而,我尽管饱经风霜,阅历很深,却还没有遇见一个幸福的梦想没落空的人,也没有见到一颗不带着隐秘伤痛的心。表面上极为平静的心,就像阿拉契亚草原的深潭,水面显得平静和明澈,但是仔细瞧瞧潭底,就会发现潭水里养育了一条大鳄鱼。

我在这肝肠寸断之地,就这样看着日出日落,第二天鹳声初闻时,我就准备离开圣墓了。我以此作为起点奋进,要投入富有德行的生涯。我在这丧葬的桥拱下三次召唤阿达拉的魂灵,荒野之神三次应答我的呼唤。然后,我向东方致敬,远远望见那隐修士走在山间小道上,正前往探看不幸的人。我双膝跪下,紧紧搂住坟头,高声说道:

"命运悲惨的少女啊,你就在这异乡的土地上安眠吧!你为爱情而流亡,付出了生命,得到的回报就是被人抛弃,甚至要被沙克达斯抛弃!"

我泪如泉涌,准备同洛佩斯的女儿诀别了,心一横离开此地,在这自然建筑的脚下,留下一座更为庄严的建筑:贞洁的简陋的土坟。

# 尾声

乌塔利西的儿子、纳切斯人沙克达斯，给欧洲人勒内讲述了这段经历。这故事又一代传一代，而我这远方的游子又听了印第安人的叙述，便如实地记录下来。从这故事中，我看到了猎人和农家生活的情景，看到了最早的立法者宗教，看到了同智慧、慈悲和福音本义相对立的无知和宗教狂热的危险，看到了一颗淳朴的心中炽烈的感情与德行的搏斗，总之，我看到了基督教战胜了人的最狂热的感情和最大的恐惧：爱情和死亡。

我听一个西米诺尔人讲述这段故事的时候，就觉得它很动人，又很有教育意义，因为他给故事增添了荒野之花、草房之雅，以及讲述痛苦的朴直的语气，但是我不敢夸口这些都能保存下来。不过，还有一件事我需要了解，就是欧勃里神父

后来情况如何。我向谁打听都不得而知。如果不是万能的上帝向我揭示我寻找的事,恐怕我始终不知其详了。情况是这样:

我走遍了一度成为新法兰西南大门的密西西比河河岸,又渴望前往北方,领略这个国度的另一处奇景:尼亚加拉瀑布。我来到瀑布附近的阿戈农西奥尼古国①。一天早晨,我横越一片平原时,望见一个女子坐在树下,膝上抱着一个死婴。我悄声地走近,听见那年轻的母亲唱道:

你若是留在我们中间,

我亲爱的孩子哟,

你拉弓射箭,

英姿一定非常好看!

你能制服凶猛的大熊;

你在山顶上奔跑,

能赛过善跑的狍。

山野的白鼬哟,

① 易洛魁族联盟的古名。

怎么去了灵魂之国，

你还这么小！

你到那里怎么过活？

你父亲不在那里，

无法打猎将你喂饱。

你冻得再怎么打哆嗦，

精灵也不会给你皮衣。

唉！我得快点去找你，

也好给你唱儿歌，

也好给你喂奶吃。

　　年轻的母亲用颤抖的声音唱着歌，一面摇着膝上的死婴，一面将母乳挤到婴儿的嘴唇上，像他活着似的给予百般的照料。

　　那女子要按照印第安人的习俗，将孩子的尸体放在树杈上晒干，然后好葬入祖坟。为此，她剥下新生儿的衣服，凑到他嘴边呼吸了片刻，说道：

　　"我儿的魂儿啊，可爱的魂儿，从前你父亲吻了一下我的嘴唇，便创造出了你。唉！我的嘴唇却没有能力让你再次出生!"

接着,她露出胸脯,搂抱冰冷的尸体。如果生命的气息不是掌握在上帝手中,那么母亲这颗火热的心就能让孩子复活。

她站起身,用眼睛寻找能适合放孩子的树枝,选中了一棵红花枫树。树上缀满巢菜的花串,散发着沁人心脾的芳香。她一只手拉弯下面的树枝,另一只手将尸体放上去,再一松手,树枝又回到原来的位置,将孩子的尸体带入隐蔽而芬芳的叶丛中。印第安人的这种习俗多么感人啊!克拉苏们和凯撒们的宏伟陵墓哟,我在你们荒凉的田野见过你们,但是我更喜爱野蛮人的这种空中墓穴,这是由蜜蜂传香的鲜花和绿枝叶建造的陵墓,在和风中摇荡,夜莺还来筑巢,唱着优美的哀歌。如果这是一位年轻姑娘的遗体,由情郎亲手悬葬在树上,或者这是一个心肝宝贝的尸体,由母亲放到小鸟住的地方,那么魅力还要倍增。我走向在树下哀吟的那个女子,将双手放在她头上,同时痛号三声。然后,我一言不发,像她那样拿起一根树枝,驱赶围着尸体嗡鸣的虻蝇。但是我特

别小心,怕吓飞旁边那只野鸽。印第安女人冲野鸽说道:

"鸽子呀,你若不是我儿飞走的魂儿,那么一定是个母亲,来寻找筑巢的东西。你就叼走这些头发吧,我再也不会用楝树汁来洗了。叼去给你孩子垫着睡觉吧,但愿上天保佑你的孩子们平安无事!"这时,那位母亲见外乡人彬彬有礼,高兴得落下眼泪。正在我们驱赶虻蝇的时候,一个年轻男子走过来,说道:

"赛吕塔的女儿,把我们的孩子取下来吧,我们在这里待不了多长时间,明天一早我们就走了。"

我立刻搭话问道:

"这位兄弟,我祝你上路遇到晴天,祝你捕获许多狍子、猎一张海狸皮,祝你满怀希望。你不是这片荒原的人吗?"

"不是,"那年轻人回答,"我们是流亡者,要寻找一处落脚的家园。"

那武士说罢,脑袋便垂到胸前,用弓角猛扫野花。我看出这故事的背后有辛酸的眼泪,也就不便再问了。那女子从树枝上取下孩子的尸体，交给她丈夫抱着。这时，我又说道：

"今晚，你们能允许我借住一宿吗？"

"我们根本就没有房子，"武士回答，"如果你想随我们走，那么我们就在瀑布旁边露宿。"

"我很愿意随你们去。"我回答一句。于是，我们就一道走了。不久我们就到达瀑布边上，听那巨大的轰鸣声便知道了。瀑布是尼亚加拉河形成的，这条河从伊利湖流来，投入安大略湖。瀑布的垂直高度有一百四十四尺。从伊利湖直到瀑布，河段地势陡峭，水流湍急；至瀑口处，浩浩水面形同大海，激流汇聚，争相泻入深渊的巨口。瀑布分两片落下，构成马蹄铁形的弧线。两片瀑布之间突兀一小岛，下面悬空，与其丛生的林木漂浮在烟涛之上。朝南冲下的河水，先旋卷而成一根巨型的圆柱，再抖展开来，形成一面雪帘，在阳光下五彩缤纷。朝东落下的一片瀑布，则跌入可怕的黑暗中，犹如立柱状的大洪水。深渊半空，千百条彩虹交相辉映。瀑布冲下，击打着动摇的岩石，又溅起浪涛飞沫，翻卷升腾，水雾弥漫在森林上空,就像大火的滚滚浓烟。苍松、野胡桃树,以及嶙峋的怪石,更装点衬托了这一景象。雄鹰受气流的裹卷,盘旋着降下深渊;美洲獾柔软灵活的尾巴勾住垂枝倒悬着,从深渊攫取麋鹿和熊的碎尸。

我又喜悦又恐惧地观赏这一景象,那印第安女子同她丈夫则走开了。我寻找他们,便沿着瀑布上方的大河逆流而上,不久就在一块适于守丧的地方找见他们。他们同几位老人躺在草地上,身边放着用兽皮裹着的尸骨。这几小时的所见所闻,使我十分惊讶,便在那年轻母亲的身边坐下,问道:

"大妹子呀,这些都是什么啊?"

她回答我说:"这位大哥,这是我故乡的泥土,这是我们祖先的尸骨,我们就带着到处流浪。"

"怎么会这样?"我高声说道,"你们怎么落难到了这种地步?"

赛吕塔的女儿又说道:"我们是纳切斯人的幸存者。法国人为了替他们的弟兄报仇,就屠杀我们的民族,我们一部分弟兄逃脱了胜利者的刀枪,就到我们的近邻契卡萨斯人那里避难,总算平平安安地住了相当长的一段时间;不料七个月之前,弗吉尼亚白人又强占了我们的土地,说什么是欧洲的一个国王赐给他们的。我们举目望天,带上祖先的遗骨,穿越荒原流浪。途中我生了孩子,但因伤心过度,奶水不好,连累孩子也死了。"

年轻的母亲这样讲述,同时用她的头发擦眼睛;我也流下眼泪。

稍过一会儿,我就说道:"大妹子呀,让我们崇拜大天神吧,一切都是按照他的指令发生的。我们全是流离失所的人;当初我们的祖先也同我们一样;不过,我们总会找到我们的安身之地。我若不是害怕像一个白人那样轻口薄舌,就想问问你们,是否听人讲过纳切斯人沙克达斯的情况呢?"

印第安女子听了这话,便瞧我一眼,问道:

"是谁向你讲过纳切斯人沙克达斯的事儿?"

我回答说:"是贤哲之士。"

印第安女子又说道:"可以告诉你我所了解的情况,因为你为我儿子的尸体驱赶过蛇蝇,也因为你刚才赞美了大天神。我就是沙克达斯收养的欧洲人勒内的女儿的女儿。沙克达斯接受了洗礼，他和我那特别不幸的外祖父勒内，都死于那场大屠杀。"

"人总是一桩痛苦接着一桩痛苦，"我低下头说道，"你也可以告诉我欧勃里神父的情况吗？"

"他的遭遇也不比沙克达斯好，"印第安女子说道，"同法国人为敌的切罗基部族进入他的传教区，他们是循着救护行客的钟声摸去的。欧勃里神父本可以逃走，但是他不愿意丢下那群教徒，便留下来做表率，鼓励他们面对死亡。他受尽了酷刑，被活活烧死了。他没有给上帝和他的祖国丢脸，怎么折磨也没有叫喊一声，而且在受刑的过程中，他还不停地替刽子手祈祷，对受害者的命运表示同情。为了逼使他的态度软下来，切罗基人将一个残酷砍断手臂的土著基督徒，拖到他的脚下，可是大大出乎他们的意料，那年轻人却双膝跪下，连连吻老隐修士的伤口，而隐修士则冲他高喊：'我的孩子，天使和人都看着我们呢。'于是，那些印第安人气急败坏，将烧红的烙铁捅进他喉咙里,制止他再说话。他就这样断了气,再也不能安慰世人了。

"那些切罗基人,尽管看惯了残忍地折磨其他的土著人,据说他们也不得不承认,欧勃里神父所表现的平凡的勇气中,包含他们从未见识过的、超越世间一切勇气的东西。他们当中不少人目睹他的死,受到极大的震动,便信奉了基督教。

"过了几年,沙克达斯从白人的国家那里返回,听说老教士遇难,就去收殓他和阿达拉的尸骨。他到达传教会原址一看,已经面目全非,难以辨认了。湖水泛滥,草原变成一片沼泽地;那座自然拱桥已经坍塌,乱石覆盖了阿达拉的坟墓和"亡魂小树林"。沙克达斯久久徘徊,又去探看隐修士的山洞,只见洞里长满了荆棘和覆盆子,一只母鹿正给小鹿喂奶。他坐到那夜当作灵床的石头上,在石上仅仅找见候鸟掉的几根羽毛。他垂泪的时候,隐修士的看家蛇从附近的荆丛里爬过来,盘在他脚下。唯独这个忠实的朋友还留在这片废墟中,沙克达斯把它拾起,放在怀里焐暖。乌塔利西的儿子后来讲过,那天傍晚,有好几次,恍惚看见阿达拉和欧勃里神父的阴魂从暮霭中升起，心里不禁充满宗教的恐惧和伤心的快乐。

"沙克达斯怎么也找不见阿达拉和隐修士的坟墓，正要离去，忽见洞中那只母鹿蹦跳着跑到他前面，到传教会的那副十字架下停住。那十字架半浸在水中，木头上长满了苔藓，而荒野的鹈鹕栖息在朽了的横木上。沙克达斯断定这只鹿不忘恩情，将他带到洞主的墓地。他往从前当作祭台的石头下挖掘，果然挖出一男一女两具尸骨，他毫不怀疑这是传教士和贞女的遗骨，可能是由天使埋葬的。他用熊皮将遗骨包起来，返回家园，一路上这珍贵的遗物在肩头嘎嘎作响，宛如死亡的箭袋。夜晚他将其枕在头下，做着爱情和道德的美梦。外乡人啊，你瞧瞧，那就是他们的遗骨，以及沙克达斯本人的遗骨！"

印第安女子一讲完这番话，我就站起来，走到圣骨跟前，默默地跪拜。然后，我大步走开，高声叹道：

"一切善良、美德和同情心，就这样在世上消逝啦！人啊，不过是瞬间的一场梦，一场痛苦的梦！

你来到世上只是为了受苦；你还有点价值，也仅仅是由于你灵魂的悲戚和你思想的永恒忧郁！"

我思潮翻滚，想了一整夜。次日天刚亮，接待我的主人们离去了。年轻的武士在前面开路，他们的妻子殿后；前者背着圣骨，后者抱着婴孩；年迈的人则排在队列中间，缓步走在祖先和晚辈之间，走在回忆和希望之间，走在失去的家园和未来的家园之间。噢！就这样背井离乡，去异地流亡，站在山顶最后望一眼自己生活过的屋顶，最后望一眼那凄凉的流过荒芜田野的故乡水，怎不叫人涕泗涟涟！

不幸的印第安人啊，我见过你们背着祖先的遗骨，在新大陆的荒原流浪；你们虽然生活很悲惨，还热情地接待过我，而如今我却不能回报你们，只因我也同样流浪、受人欺凌；我没有把先辈的遗骨带在身上，我的流亡还要不幸。